只 为 优 质 阅 读

在经典中找回心动的感觉，让它滋养我们一生

我们相爱一生，一生还是太短

我在呼吸和想你

书信集

沈从文 张兆和 著

江西人民出版社
Jiangxi People's Publishing House
全国百佳出版社

目录

辑一

我明白你会来，所以我等

辑二

我一个人在船上，看什么总想到你

辑三

你在我的诗中，永远不会老去

辑四

我要傍近你，方不至于难过

辑五

倘若你的眼睛这样冷，有个人的心会结成冰

辑六

极希望用我的痛苦，换给你一点幸福快乐

辑七

我们相爱一生，一生还是太短

辑一

我明白你会来，所以我等

想着你

二哥：

乍醒时，天才蒙蒙亮，猛然想着你，心便跳跃不止。我什么都能放心，就只不放心路上不平靖，就只担心这个。因为你说的，那条道不容易走。我变得有些老太婆的迂气了，自打你决定回湘后，就总是不安，这不安在你走后似更甚。不会的，张大姐说，沈先生人好心好，一路有菩萨保佑，一定是风调雨顺一路平安到家的。不得已，也只得拿这些话来自宽自慰。虽是这么说，你一天不回来，我一天就不放心。一个月不回来，一个月中每朝醒来时，总免不了要心跳。还怪人担心吗，想想看，多远的路程多久的隔离啊。

你一定早到家了。希望在你见到此信时，这里也早已得到你报告平安的电信。妈妈见了你，心里一快乐，病一定也就好了。不知道你是不是照我们在家里说好的，为我们向妈妈同大哥特别问好。

昨天回来时，在车子上，四妹老拿膀子拐我。她惹我，说我会哭的，同九妹拿我开玩笑。我因为心里难受，一直没有理她们。今天我起得很早。精神也好，因为想着是替你做事，我要好好地做。我在给你写信，四妹伸头缩脑的，九妹问我要不要吃窠鸡子。我笑死了。

路上是不是很苦，这条路我从未走过，想象不到是什么情形，总是辛苦就是了。

我希望下午能得到你信。

兆和

一月八日晨

叮咛你

从文二哥：

只在于一句话的差别，情形就全不同了。三四个月来，我从不这个时候起来，从不不梳头、不洗脸，就拿起笔来写信的。只是一个人躺到床上，想到那为火车载着愈走愈远的一个，在暗淡的灯光下，红色毛毯中露出一个白白的脸，为了那张仿佛很近实在又极远的白脸，一时无法把捉得到，心里空虚得很！因此，每一丝声息，每一个墙外夜行人的步履声音，敲打在心上都发生了绝大的反响，又沉闷，又空洞。因此，我就起来了。我计算着，今晚到汉口，明天到长沙，自明天起，我应该加倍担着心，一直到得到你平安到家的信息为止。听你们说起这条道路之难行，不下于难于上青天的蜀道，有时想起来，又悔不应敦促你上路了。倘若当真路途中遇到什么困难，吃多少苦，受好些罪，那罪过，二哥，全数由我来承担吧。但只想想，你一到家，一家人为你兴奋着，暮年的病母能为你开怀一笑，古老城池的沉静空气也一定为你活泼起来，这么样，即或往返受二十六个日子的辛苦，也仍然是值得的。再说，再说这边的两只眼睛，一颗心，在如何一种焦急与期待中把白日同黑夜送走，忽然有一天，有那么一天，一个瘦小的身子挨进门来，那种欢喜，唉，那种欢喜，你叫我怎么说呢？总之，一切都是废话，让两边的人耐心地等待着，让时间把那个值得庆祝的日子带来吧。

现在，现在要轮到你来告诉我一些到家后的情形了。家里是怎么样欢迎你来着？老人家的精神是不是还好？你那大哥，是不是正如你所说的，卷起两只袖口，拿一把油油的锅铲忙出忙进？大哥大嫂三哥三嫂你记着替我同九妹致意没有？尤其是大嫂，代替大家服侍了妈十几年，对她你应该致最大的尊敬。嫂嫂们，你记着，别太累她们。你到家见妈时，记着把那件脏得同抹布样子的袍子换下来，穿一件干净的么？你应当时时注意妈妈房里空气的流通，谈话时，探听点老人家想吃点外面的什么东西，将来好寄。真的，有好些事我都忘了叮嘱你，直至走后才一件一件想起来，已来不及了……还有到家后少出门，即或出门也以少发议论为妙。苗乡你是不暇去的了，听说你那个城子，要不了一会儿能可以走遍，你是不是也看过一道？一切与十五年前有什么不同？

三三

九日侵晨

念着你

亲爱的二哥：

你走了两天，便像过了许多日子似的。天气不好。你走后，大风也刮起来了，像是欺负人，发了狂似的到处粗暴地吼。这时候，夜间十点钟，听着树枝干间的怪声，想到你也许正下车，也许正过江，也许正紧随着一个挑行李的脚夫，默默地走那必须走的三里路。长沙的风是不是也会这么不怜悯地吼，把我二哥的身子吹成一块冰？为这风，我很发愁，就因为自己这时坐在温暖的屋子里，有了风，还把心吹得冰冷。我不知道二哥是怎么支持的。我告诉你我很发愁，那一点也不假，白日里，因为念着你，我用心用意地看了一堆稿子。到晚来，刮了这鬼风，就什么也做不下去了。有时想着十天以后，十天以后你到了家。想象着一家人的欢乐，也像沾了一些温暖，但那已是十天以后的事了，目前的十个日子真难挨！这样想来，不预先打电报回家，倒是顶好的办法了。路那么长，交通那么不便，写一个信也要十天半月才得到，写信时同收信时的情形早不同了。比如说，你接到这信的时候，一定早到家了，也许正同哥哥弟弟在屋檐下晒太阳，也许正陪妈坐在房里，多半是陪着妈。房里有一盆红红的炭火，且照例老人家的炉火边正煨着一罐桂圆红枣，发出温甜的香味。你同妈说着白话，说东说西，有时还伸手摸摸妈衣服是不是穿得太薄。忽然，你三弟走进房来，送给你这个信。接到信，无疑地，你会快乐，但拆开信一看，愁呀冷呀的那么一大套，不是全然同你们的调子不和谐了吗？我很想写："二哥，我快乐极了，同九丫头跳呀蹦呀地闹了半天，因为算着你今天准可到家，晚上我们各人吃了三碗饭。"使你们更快乐。但那个信留到十天以后再写吧，你接到此信时，只想到我们当你看信时也正在为你们高兴，就行了。

希望一家人快乐康健！

三三

九日晚

在桃源

三三：

我已到了桃源，车子很舒服。曾姓朋友送我到了地，我们便一同住在一个卖酒曲子的人家，且到河边去看船，见到一些船，选定了一只新的，言定十五块钱，晚上就要上船的。我现在还留在卖酒曲的人家，看朋友同人说野话。我明天就可上行。我很放心，因为路上并无什么事情。很感谢那个朋友，一切得他照料，使这次旅行又方便又有趣。

我有点点不快乐处，便是路上恐怕太久了点。听船上人说至少得四天方可到辰州①，也许还得九天方到家，这份日子未免使我发愁。我恐怕因此住在家中就少了些日子。但我又无办法把日子弄快一点。

我路上不带书，可是有一套彩色蜡笔，故可以作不少好画。相机预备留在家乡给熟人照相，给苗老咪照相，不能在路上糟蹋，故路上不照相。

---

① 辰州，即沅陵。

三三，乖一点，放心，我一切好！我一个人在船上，看什么总想到你。

我到这里还碰到一个老同学，这老同学还是我廿年前在一处读书的。

二哥

十二日下午五时

在路上我看到个贴子很有趣：

立招字人钟汉福，家住白洋河文昌阁大松树下右边，今因走失贤媳一枚，年十三岁，名曰金翠，短脸大口，一齿凸出，去向不明。若有人寻找弄回者，赏光洋二元，大树为证，决不吃言。谨白。

三三：我一个字不改写下来给你瞧瞧，这人若多读些书，一定是个大作家。

梦里来赶我吧

船在慢慢地上滩，我背船坐在被盖里，用自来水笔来给你写封长信。这样坐下写信并不吃力，你放心。这时已经三点钟，还可以走两个钟头，应停泊在什么地方，照俗谚说："行船莫算，打架莫看。"我不过问。大约可再走廿里，应歇下时，船就泊到小村边去，可保平安无事，船泊定后我必可上岸去画张画。你不知见到了我常德长堤那张画不？那张窄的长的。这里小河两岸全是如此美丽动人，我画得出它的轮廓，但声音、颜色、光，可永远无本领画出了。你实在应来这小河里看看，你看过一次，所得的也许比我还多，就因为你梦里也不会想到的光景，一到这船上，便无不朗然入目了。这种时节两边岸上还是绿树青山，水则透明如无物，小船用两个人拉着，便在这种清水里向上滑行，水底全是各色各样的石子。舵手抿起个嘴唇微笑，我问他，"姓什么？""姓刘。""在这条河里划了几年船？""我今年五十三，十六岁就划船。"来，三三，请你为我算算这个数目。这人厉害得很，四百里的河道，涨水干涸河道的变迁，他无不明明白白。他知道这河里有多少滩、多少潭。看那样子，若许我来形容形容，他还可以说知道这河中有多少石头！是的，凡是较大的，知名的石头，他无一不知！水手一共是三个，除了舵手在后面管舵管篷管纤索的伸缩，前面舱板有两个人。其中一个是小孩子，一个是大人。两个人的职务是船在滩上时，就撑急水篙，左边右边下篙，把钢钻打得水中石头作出好听的声音。到长潭时则荡桨，弓起个腰推扳长桨，把水弄得哗哗的，声音也很幽静温柔。到急水滩时，则两人背了纤索，把船拉去，水急了些，吃力时就伏在石滩上，手足并用地爬行上去。船是只新船，油得黄黄的，干净得可以作为教堂的神龛。我卧的地方较低一些，可听得出水在船底流过的细碎声音。前舱用板隔断，故我可以不被风吹。我坐的是后面，凡为船后的天、地、水，我全可以看到。我就这样一面看水一面想你。我快乐，就想应当同你快乐，我闷时就想，要是你在我必可以不闷。我同船老板吃饭，我盼望你也在一角吃饭。我至少还得在船上过七个日子，还不把下行的计算在内。你说，这七个日子我怎么办？天气又不很好，并无太阳，天是灰灰的，一切较远的边岸小山同树木，皆裹在一层轻雾里，我又不能照相，也不宜画画。看看船走动时的情形，我还可以在上面写文章，感谢天，我的文章既然提到的是水上的事，在船上实在太方便了。倘若写文章得选择一个地方，我如今所在的地方是太好了一点的。不过我离你那么远，文章如何写得下去。“我不能写文章，就写信。”我这么打算，我一定做到。我每天可以写四张，若写完四张事情还不说完，我再写。这只手既然离开了你，也只有那么来折磨它了。

我再说点船上的事情吧。船现在正在上滩，有白浪在船旁奔驰，我不怕，船上除了寂寞，别的是无可怕的。我只怕寂寞。但这也正可训练一下我自己。我知道对我这人不宜太好，到你身边，我有时真会使你皱眉，我疏忽了你，使我疏忽的原因便只是你待我太好，纵容了我。但你一生气，我即刻就不同了。现在则用一件人事把两人分开，用别离来训练我，我明白你如何在支配我管领我！为了只想同你说话，我便钻进被盖中去，闭着眼睛。你瞧，这小船多好！你听，水声多幽雅！你听，船那么轧轧响着，它在说话！它说：“两个人尽管说笑，不必担心那掌舵人。他的职务在看水，他忙着。”船真轧轧地响着。可是我如今同谁去说？我不高兴！

梦里来赶我吧，我的船是黄的，船主名字叫做“童松柏”，桃源县人。尽管从梦里赶来，沿了我所画的小堤一直向西走，沿河的船虽万万千千，我的船你自然会认识的。这里地方狗并不咬人，不必在梦里为狗吓醒！

你们为我预备的铺盖，下面太薄了点，上面太硬了点，故我很不暖和，在旅馆已嫌不够，到了船上可更糟了。盖的那床被大而不暖，不知为什么独选着它陪我旅行。我在常德买了一斤腊肝，半斤腊肉，在船上吃饭很合适……莫说吃的吧，因为摇船歌又在我耳边响着了，多美丽的声音！

我们的船在煮饭了，烟味儿不讨人嫌。我们吃的饭是粗米饭，很香很好吃。可惜我们忘了带点豆腐乳，忘了带点北京酱菜。想不到的是路上那么方便，早知道那么方便，我们还可带许多北京宝贝来上面，当“真宝贝”去送人！

你这时节应当在桌边做事的。山水美得很，我想你一同来坐在舱里，从窗口望那点紫色的小山。

我想让一个木筏使你惊讶，因为那木筏上面还种菜！我想要你来使我的手暖和一些……

十三日下午五时

你不要为我难过

我的小船已泊到曾家河。在几百只大船中间这只船真是个小物件。我已吃过了夜饭，吃的是辣子、大蒜、豆腐干。我把好菜同水手交换素菜，交换后真是两得其利。我饭吃得很好。吃过了饭，我把前舱缝缝罅用纸张布片塞好，再把后舱用被单张开，当成幔子一挂，且用小刀将各个通风处皆用布片去扎好，结果我便有了间“单独卧房”了。

你只瞧我这信上的字写得如何整齐，就可知船上做事如何方便了。我这时倚在枕头旁告你一切，一面写字，一面听到小表嘀嘀嗒嗒，且听到隔船有人说话，岸上则有狗叫着。我心中很快乐，因为我能够安静地同你来说话！

说到“快乐”时我又有点不足了，因为一切纵妙不可言，缺少个你，还不成的！我要你，要你同我两人来到这小船上，才有意思！

我感觉得到，我的船是在轻轻地、轻轻地摇动。这正同摇篮一样，把人摇得安眠，梦也十分和平。我不想就睡。我应当痴痴地坐在这小船舱中，且温习你给我的一切好处。三三，这时节还只七点三十分，说不定你们还刚吃饭！

我除了夸奖这条河水以外真的似乎无话可说了。你来吧，梦里尽管来吧！我先不是说冷吗？放心，我不冷的。我把那头用布拦好后，已很暖和了。这种房子真是理想的房子，这种空气真是标准的空气。可惜得很，你不来同我在一处！

我想睡到来想你，故写完这张纸后就不再写了。我相信你从这纸上也可以听到一种摇橹人歌声的，因为这张纸差不多浸透了好听的歌声！

你不要为我难过，我在路上除了想你以外，别的事皆不难过的。我们既然离开了，我这点难过实在是应当的，不足怜悯的。

二哥

一月十三日下午八时

我怕你寂寞

天气真冷。昨晚船歇到曾家河，睡得不好，醒了许多次，全是冷醒的。醒了以后就有许久不能再睡去，常常擦自来火看小表的时间。皮袍子全搭到上面还不济事，我悔当时不肯带褥子来。

睡不着时我就心想：若落点雪多好。照南方规矩，天太冷了必落雪，一落了雪天就暖和了。天亮时船篷沙沙地响，有人说“落了雪”，我忘了天气，只描摹那雪景。到后天已大亮时，看看雪已落了很多，气候既不转好，各个船又不能开动，你想，半路上停顿下来多急人。这样蹲下去两头无着，我是受不了的。我的船既是包定的，我的日子又有限度，不开船可不行！故我为他们称几斤鱼，这几斤鱼把船弄活动了，这时节的船，已离开原泊地方二十多里了。天气还是极冷，船仍然在用篙桨前进，两岸全是白色，河水清明如玉。一切都好得很！我要你！倘若两个人在这小船上，就一切全不怕了。想到南方天气已那么冷，北方还不知冻到什么样子。我恐怕你寂寞得很，又怕你被人麻烦，被事麻烦，我因此事也做不下去。

这船今天能歇到什么地方，我不明白，船上人也不明白。这时已十二点钟，两岸有鸡叫，有狗叫，有人吵骂声音，我算算你们应在桌边吃午饭了。我估计你们也正想到我。我心里很烦乱……

今天太冷，我的画也不能着手了。我只坐在被盖里，把纸本子搁在膝上写信，但一面写字一面就不快乐。我忙着到家，也忙着回转北京，但是天知道，这小船走得却如何慢！天气既那么冷，还得使三个别船人在水里风里把船弄上去，心中又不安。使他们高兴倒容易，晚上各人多吃半斤肉，这船就可以在水面上飞。可是我自己，却应当怎么办？三三，我自己真不知道如何办。做了点文章，又做不下去。校改了自己的书一遍，又觉得书也写得平平常常，不足注意。看看四丫头的相同你的相，就想起为四丫头改的文章，还无完成的希望，不知远处有个候补作家，正在如何怨我。照照镜子，镜中的我可瘦得怕人。当真的，人这样瘦，见了家中人又怎么办？我实在希望我回到家中时较肥一点，但天气那么坏，船那么慢，你隔得我又那么远，我有什么办法可以胖些？这么走路上可能要廿多天！

我心里有点着急。但是莫因我的着急便难过。在船上的一个，是应当受点罪，请把好处留给我回来，把眼泪与一切埋怨皆留到我回来再给我，现在还是好好地做事，好好地过日子吧。

我想我的信一定到得不大有秩序，我还担心有些信你收不到。因为在平汉车上发的六七封信，差不多全是交托车站上巡警发的，那些巡警即或不至于把信失掉，也许一搁在袋子里就是两天，保不定长沙的信到时，河南的信反而不到！

我又听到摇橹人歌声了，好听得很。但越好听也就越觉得船上没有你真无意思……

三三，我今天离开你一个礼拜了。日子在旅行人看来真不快，因为这一礼拜来，我不为车子所苦，不为寒冷所苦，不为饮食马虎所苦，可是想你可太苦了。

路上的鱼很好，大而活鲜鲜的鱼，一毛二分钱一斤，用白水煮熟实在好吃得很。这河里原本出好鱼，最好的是青鱼，鲜得如海味，你不吃过也就想不到那个好处。船停了，真静。一切声音皆像冷得凝固了，只有船底的水声，轻轻地轻轻地流过去。这声音使人感觉到它，几乎不是耳朵，却只是想象。但当真却有声音。水手在烤火，在默默地烤火。

说到水手，真有话说了。三个水手有两个每说一句话中必有个野话字眼儿在前面或后面，我一天来已跟他们学会三十句野话。他们说野话同使用符号一样，前后皆很讲究。倘若不用，那么所说正文也就模糊不清了。我很稀奇，不明白他们从什么方面学来这种野话。

船又开了，为了开船，这船上舵手同水手谈论天气，我试计算计算，十九句话中就说了十七个坏字眼儿。仿佛一世的怨愤，皆得从这些野话上发泄，方不至于生病似的。说到他们的怨愤，我又想到这些人的生活来了。我这次坐这小船，说定了十五块钱到地。吃白饭则一千文一天，合一角四分。大约七天方可到地，船上共用三人，除掉舵手给另一岸上船主租钱五元外，其余轮派到水手的，至多不过两块钱。即作为两块钱，则每天仅两毛多一点点。像这样大雪天气，两毛钱就得要人家从天亮拉起一直到天黑，遇应当下水时便即刻下水，你想，多不公平的事！但这样的船夫在这条河里至少就有卅万，全是在能够用力时把力气卖给人，到老了就死掉的。他们的希望只是多吃一碗饭，多吃一片肉，拢岸时得了钱，就拿去花到吊脚楼上女人身上去，一回两回，钱完事了，船又应当下行了。天气虽有冷热，这些人生活却永远是一样的。他们也不高兴，为了船搁浅，为了太冷太热，为了租船人太苛刻。他们也常大笑大乐，为了顺风扯篷，为了吃酒吃肉，为了说点粗糙的关于女人的故事。他们也是个人，但与我们都市上的所谓“人”却相离多远！一看到这些人说话，一同到这些人接近，就使我想起一件事情，我想好好地来写他们一次。我相信若我动手来写，一定写得很好。但我总还嫌力量不及，因为本来这些人就太大了。三三，这些船夫你若见到时，一定也会发生兴味的。船夫分许多种，最活泼有趣勇敢耐劳的为麻阳籍水手，大多数皆会唱会闹，做事一股劲儿，带点憨气，且野得很可爱。麻阳人划船成为专业，一条辰河至少就应当有廿万麻阳船夫。这些人的好处简直不是一个人用口说得尽的，你若来，你只需用眼睛一看就相信我的话了。我过一阵下行，就想搭麻阳船。

三三，你若坐了一次这样的小船，文章也一定可以写得好多了。因为在船上你就可以学许多，水上你也可以学许多，两岸你还可以学许多！我回来时当为你照些水手相来，还为你照个住吊脚楼的青年乡下妓女相来（只怕片子太少，到了城中就完事了）。这些人都可爱得很，你一定欢喜他们。我颈脖也写木了，位置不对，我歇歇，晚上在蜡烛下再告你些。

二哥

十四日下午一点

多想你在我身边

船停到一个地方，名“兴隆街”，高山积雪同远村相映照，真是空前的奇观。我想拿了相匣子上去照一个相，却因为毛毛雨落个不停，只好不上岸了。这时还只三点四十分，一时不及断黑，雪不落却落小雨。我冷得很，但手并不木僵。南方的冷与北方不同，南方的冷是湿的，有点讨厌的。穿衣多也无用处。烤火也无用处。

我们的小船因为煮饭吃，弄得满船全是烟子，我担心我的眼睛会为烟子熏坏。如今便是在烟里写这个信的。一面写信，一面依然可以听麻阳人船上的橹歌。船走得太慢，这日子可不好过。上面的人不把日子当数，行船人尤其不明白日子的意义。天气既那么冷，我也不好说话。但多挨一天，在上面住的日子就扣去一天，你说，我多难受。我还得告你，今天是我的生日！这个生日可过得妙，坐在一只小船上来想念你们，你们若算着日子，也一定想得起今天是我生日！我想同你说话，却办不到，我想同大家笑笑，也办不到。我只有同水手谈话，问长问短，弄得他们哈哈大笑。我还为他们称三斤肉吃。但他们全不知道我如何发急，如何想我的行程。我还想自己照个小相，也无法照。我不知道怎么办就好一点。实在不知道怎么办。三三，你只看我信写得如何乱，你就会明白我的心如何乱了。我不想写什么，不想说什么。我手冷得很，得你用手来捏才好……这长长的日子，真不好对付！我书又太带少了，画画的纸又不合用，天气又坏，要照相不便照相。我只好躲在舱中，把纸按在膝上，来为你写信。三三，我现在方知道分离可不是年轻人的好玩意儿。当时我们弄错了，其实要来便得全来，要不来就全不来。你只瞧，如今还只是四分之一的别离，已经当不住了，还有廿天，这廿天怎么办？！

十四日四点三十分

希望你也睡得好

我小船停了，停到鸭窠围。中午时候写信提到的“小阜平冈”应当名为“洞庭溪”。鸭窠围是个深潭，两山翠色逼人，恰如我写到翠翠的家乡。吊脚楼尤其使人惊讶，高矗两岸，真是奇迹。两山深翠，唯吊脚楼屋瓦为白色，河中长潭则湾泊木筏廿来个，颜色浅黄。地方有小羊叫，有妇女锐声喊“二老”“小牛子”，且听到远处有鞭炮声与小锣声。到这样地方，使人太感动了。四丫头若见到一次，一生也忘不了。你若见到一次，你饭也不想吃了。

我这时已吃过了晚饭，点了两支蜡烛给你写报告。我吃了太多的鱼肉。还不停泊时，我们买鱼，九角钱买了一尾重六斤十两的鱼，还是顶小的！样子同飞艇一样，煮了四分之一，我又吃四分之一的四分之一，已吃得饱饱的了。我生平还不曾吃过那么新鲜那么嫩的鱼，我并且第一次把鱼吃个饱。味道比鲥鱼还美，比豆腐还嫩，古怪的东西！我似乎吃得太多了点，还不知道怎么办。

可惜天气太冷了，船停泊时我总无法上岸去看看。我欢喜那些在半天上的楼房。这里木料不值钱，水涨落时距离又太大，故楼房无不离岸三十丈以上，从河边望去，使人神往之至。我还听到了唱小曲的声音，我估计得出，那些声音同灯光所在处，不是木筏上的排头在取乐，就是有副爷们船主在喝酒。妇人手上必定还戴得有镀金戒子。多动人的画图！提到这些时我是很忧郁的，因为我认识他们的哀乐，看他们也依然在那里把每个日子打发下去，我不知道怎么样总有点忧郁。正同读一篇描写西伯利亚方面农人的作品一样，看到那些文章，使人引起无言的哀戚。我如今不止看到这些人生活的表面，还用过去一分经验接触这种人的灵魂。真是可哀的事！我想我写到这些人生活的作品，还应当更多一些！我这次旅行，所得的很不少。从这次旅行上，我一定还可以写出很多动人的文章！

三三，木筏上火光真不可不看。这里河面已不很宽，加之两面山岸很高（比崂山高得远），夜又静了，说话皆可听到。羊还在叫。我不知怎么的，心这时特别柔和。我悲伤得很。远处狗又在叫了，且有人说“再来，过了年再来”，一定是在送客，一定是那些吊脚楼人家送水手下河。

风大得很，我手脚皆冷透了，我的心却很暖和。但我不明白为什么原因，心里总柔软得很。我要傍近你，方不至于难过。我仿佛还是十多年前的我，孤孤单单，一身以外别无长物，搭坐一只装载军服的船只上行，对于自己前途毫无把握，我希望的只是一个四元一月的录事职务，但别人不让我有这种机会。我想看点书，身边无一本书。想上岸，又无一个钱。到了岸必须上岸去玩玩时，就只好穿了别人的军服，空手上岸去，看看街上一切，欣赏一下那些小街上的片糖，以及一个铜元一大堆的花生。灯光下坐着扯得眉毛极细的妇人。回船时，就糊糊涂涂在岸边烂泥里乱走，且沿了别人的船边“阳桥”渡过自己船上去，两脚全是泥，刚一落舱还不及脱鞋，就被船主大喊：“伙计副爷们，脱鞋呀。”到了船上后，无事可做，夜又太长，水手们爱玩牌的，皆蹲坐在舱板上小油灯下玩牌，便也镶拢去看他们。这就是我，这就是我！三三，一个人一生最美丽的日子，十五岁到廿岁，便恰好全是在那么情形中过去了，你想想看，是怎么活下来的！万想不到的是，今天我又居然到这条河里，这样小船上，来回想温习一切的过去！更想不到的是我今天却在这样小船上，想着远远的一个温和美丽的脸儿，且这个黑脸的人儿，在另一处又如何悬念着我！我的命运真太可玩味了。

我问过了划船的，若顺风，明天我们可以到辰州了。我希望顺风。船若到得早，我就当晚在辰州把应做的事做完，后天就可以再坐船上行。我还得到辰州问问，是不是云六[①]已下了辰。若他在辰州，我上行也方便多了。

现在已八点半了，各处还可听到人说话，这河中好像热闹得很；我还听到远远的有鼓声，也许是人还愿。风很猛，船中也冰冷的。但一个人心中倘若有个爱人，心中暖得很，全身就冻得结冰也不碍事的！这风吹得厉害，明天恐要大雪。羊还在叫，我觉得稀奇，好好地一听，原来对河也有一只羊叫着，它们是相互应和叫着的。我还听到唱曲子的声音，一个年纪极轻的女子喉咙，使我感动得很。我极力想去听明白那曲子，却始终听不明白。我懂许多曲子。想起这些人的哀乐，我有点忧郁。因这曲子我还记起了我独自到锦州，住在一个旅馆中的情形，在那旅馆中我听到一个女子唱大鼓书，给赶骡车的客人过夜，唱

① 云六，即作者的大哥沈云六。

了半夜。我一个人便躺在一个大炕上听窗外唱曲子的声音，同别人笑语声。这也是二哥！那时节你大概在暨南[1]读书，每天早上还得起床来做晨操！命运真使人惘然。爱我，因为只有你使我能够快乐！

二哥

十六日下午八点五十

我想睡了。希望你也睡得好。

① 暨南，这里指暨南大学女子部（中学），校址在南京。

现在太幸福了

我把船舱各处透风的地方皆用围巾、手巾、书本、长衫塞好后，应当躺到冷被中睡觉了，一时却不想睡。与其冷冰地躺在舱板上听水声，不如拥被坐着，借烛光为你写信较好。我今天快写到八张了，白日里还只说预备写两张。倘若这是罪过，这罪过应各个人负一半责……

今夜里风特别大了些，一个人坐在舱里，对着微抖的烛光，作着客中怀人的神气，也有个味儿。我在为你计算，这时你同九妹也许还在炉边同张大姐谈话……也许在估计我的行程，猜想我在小船上的生活，但你绝想不到我现在还正在为你写信！我希望你记得有日记，因为记下了些你的事情，到我回来时，我们就可以对照，看同一天你做了些什么，想了些什么，我又做了些什么，想到些什么……

现在河中还有人说话，还可隐约听到远处的鼓声，我寂寞得很。这里水没有声音，但船的摇荡却可以从感觉中明白。有时这小船还忽然一搁，也许是大鱼头碰着船底的。我相信船边一定有鱼，因为吃晚饭时我倒了些残饭到水中，这时就听得明明白白，水中有种声音。我太冷了，管他能睡不能睡，我只好躺下去。到了半夜若又冷醒了，实在睡不着时，我便再爬起来写信。说起写信，我记起了两年前或一年前的情形来了，比一比，我便觉得现在太幸福了。

二哥

十六日下午九点五十分

辑二

我一个人在船上，看什么总想到你

梦无凭据

我脱了衣又披起衣来写信了。天气太冷，睡不下去，还不如这样坐起来同你写点什么较好。我不想就睡。因为梦无凭据，与其等候梦中见你，还不如光着眼睛想你较好！你现在一定睡了，你倘若知道我在船上的情形，一定不会睡着的。你若早知道小船上一堆日子是怎样过的，也许不会让我一个人回家的。我本来身体很疲倦，应得睡了，但想着你，心里却十分清醒。我抓我自己的头发，想不出个安慰自己的方法。我很不好受。

二哥

十六日十点十分

必有所爱方可生存下去

我七点前就醒了，可是却在船上不起身。我不写信，担心这堆信你看不完。起来时船已开动，我洗过了脸，吃过了饭，就仍然做了一会儿痴事……今天我小船无论如何也应当到一个大码头了。我有点慌张，只那么一点点。我晚上也许就可以同三弟从电话中谈话的。我一定想法同他们谈话。我还得拍发给你的电报，且希望这电报送到家中时，你不至于吃惊，同时也不至于为难。你接到那电报时若在十九，我的船必在从辰州到泸溪路上，晚上可歇泸溪。这地方不很使我高兴，因为好些次数从这地方过身皆得不到好印象。风景不好，街道不好，水也不好。但廿日到的浦市，可是个大地方，数十年前极有名，在市镇对河的一个大庙，比北平碧云寺还好看。地方山峰同人家皆雅致得很。那地方出肥人，出大猪，出纸，出鞭炮。造船厂规模很像个样子。大油坊长年有油可打，打油人皆摇曳长歌，河岸晒油篓时必百千个排列成一片。河中且长年有大木筏停泊，有大而明黄的船只停泊，这些大船船尾皆高到两丈左右，渡船从下面过身时，仰头看去恰如一间大屋。那上面一定还用金漆写得有一个“福”字或“顺”字！地方又出鱼，鱼行也大得很。但这个码头却据说在数十年前更兴旺，十几年前我到那里时已衰落了的。衰落的原因为的是河边长了沙滩，不便停船，水道改了方向，商业也随之而萧条了。正因为那点“旧家子”的神气，大屋、大庙、大船、大地方，商业却已不相称，故看起来尤其动人。我还驻扎在那个庙里半个月到廿天，属于守备队第一团，那庙里墙上的诗好像也很多，花也多得很，还有个“大藏”[①]，样子如塔，高至五丈，在一个大殿堂里，上面用木砌成，全是菩萨。合几个人力量转动它时，就听到一种吓人的声音，如龙吟太空。这东西中国的庙里似乎不多，非敕建大庙好像还不作兴有它的。

我船又在上一个大滩了，名为“横石”，船下行时便必须进点水，上行时若果是只大船，也极费事，但小船倒还方便，不到廿分钟就可以完事的。这时船已到了大浪里，我抱着你同四丫头的相片，若果浪把我卷去，我也得有个伴！

三三，这滩上就正有只大船碎在急浪里，我小船挨着它过去，我还看得明明白白那只船中的一切。我的船已过了危险处，你只瞧我的字就明白了。船在浪里时是两面乱摆的。如今又在上

---

① 大藏，即转轮藏，一般称转经筒，原设于浦峰寺内。

第二段滩水，拉船人得在水中弄船，支持一船的又只是手指大一根竹缆，你真不能想象这件事。可是你放心，这滩又拉上了……

我想印个选集了[①]，因为我看了一下自己的文章，说句公平话，我实在是比某些时下所谓作家高一筹的。我的工作行将超越一切而上。我的作品会比这些人的作品更传得久，播得远。我没有方法拒绝。我不骄傲，可是我的选集的印行，却可以使一些读者对于我的作品取精摘尤得到一个印象。你已为我抄了好些篇文章，我预备选的仅照我记忆到的，有下面几篇：

柏子、丈夫、夫妇、会明（全是以乡村平凡人物为主格的，写他们最人性的一面的作品。）

龙朱、月下小景（全是以异族青年恋爱为主格，写他们生活中的一片，全篇贯串以透明的智慧，交织了诗情与画意的作品。）

都市一妇人、虎雏（以一个性格强的人物为主格，有毒的放光的人格描写。）

黑夜（写革命者的一片段生活。）爱欲（写故事，用天方夜谭风格写成的作品。）

---

① 这是作者第一次提到印选集的想法。两年后，《从文小说习作选》才由上海良友图书印刷公司出版。

应当还有不少文章还可用的，但我却想至多只许选十五篇。也许我新写些，请你来选一次。我还打量作个《我为何创作》，写我如何看别人生活以及自己如何生活，如何看别人作品以及自己又如何写作品的经过。你若觉得这计划还好，就请你为我抄写《爱欲》那篇故事。这故事抄时仍然用那种绿格纸，同《柏子》差不多的。这书我估计应当有购者，同时有十万读者。

船去辰州已只有三十里路，山势也大不同了，水已较和平，山已成为一堆一堆黛色浅绿色相间的东西。两岸人家渐多，竹子也较多，且时时刻刻可以听到河边有人做船补船，敲打木头的声音。山头无雪，虽无太阳，十分寒冷，天气却明明朗朗。我还常常听到两岸小孩子哭声，同牛叫声。小船行将上个大滩，已泊近一个木筏，筏上人很多。上了这个滩后，就只差一个长长的急水，于是就到辰州了。这时已将近十二点，有鸡叫！这时正是你们吃饭的时候，我还记得到，吃饭时必有送信的来，你们一定等着我的信。可是这一面呢，积存的信可太多了。到辰州为止，似乎已有了卅张以上的信。这是一包，不是一封。

你接到这一大包信时，必定不明白先从什么看起。你应得全部裁开，把它秩序弄顺，再订成个小册子来看。你不怕麻烦，就得那么做。有些专利的痴话，我以为也不妨让四妹同九妹看看，若绝对不许她们见到，就用另一纸条粘好，不宜裁剪……

船又在上一个大滩了，名为“九溪”。等等我再告你一切。

好厉害的水！吉人天佑，上了一半。船头全是水，白浪在船边如奔马，似乎只想攫你们的相片去，你瞧我字斜到什么样子。但我还是一手拿着你的相片，一手写字。好了，第一段已平安无事了。

小船上滩不足道，大船可太动人了。现在就有四只大船正预备上滩，所有水手皆上了岸，船后掌梢的派头如将军，拦头的赤着个膊子，船掯[1]到水中不动了，一下子就跃到水中去了。我小船又在急水中了，还有些时候方可到第二段缓水处。大船有些一整天只上这样一个滩，有些到滩上弄碎了，就收拾船板到石滩上搭棚子住下。三三，这斗争，这和水的争斗，在这条河里，至少是有廿万人的！三三，我小船第二段危险又过了，等等还有第三段得上。这个滩共有九段麻烦处，故上去还需些时间。我船里已上了浪，但不妨的，这不是要远人担心的……

我昨晚上睡不着时，曾经想到了许多好像很聪明的话……今天被浪一打，现在要写却忘掉了。这时浪真大，水太急了点，船倒上得很好。今天天明朗一点，但毫无风，不能挂帆。船又上了一个滩，到一段较平和的急流中了。还有三五段。小船因

---

① 掯（kèn），湘西方言，表示常驻。

拦头的不得力，已加了个临时纤手，一个老头子，白须满腮，牙齿已脱，却如古罗马人那么健壮。先时蹲到滩头大青石上，同船主讲价钱，一个要一千，一个出九百，相差的只是一分多钱，并且这钱全归我出，那船主仍然不允许多出这一百钱。但船开行后，这老头子却赶上前去自动加入拉纤了。这时船已到了第四段。

小船已完全上滩了，老头子又到船边来取钱，简直是个托尔斯泰！眉毛那么浓，脸那么长，鼻子那么大，胡子那么长，一切皆同画上的托尔斯泰相同。这人秀气一些，因为生长在水边，也许比那一个同时还干净些。他如今又蹲在一个石头上了。看他那数钱神气，人那么老了，还那么出力气，为一百钱大声地嚷了许久，我有个疑问在心：

“这人为什么而活下去？他想不想过为什么活下去这件事？”不止这人不想起，我这十天来所见到的人，似乎皆并不想起这种事情的。城市中读书人也似乎不大想到过。可是，一个人不想到这一点，还能好好生存下去，很稀奇的。三三，一切生存皆为了生存，必有所爱方可生存下去。多数人爱点钱，爱吃点好东西，皆可以从从容容活下去的。这种多数人真是为生而生的。但少数人呢，却看得远一点，为民族为人类而生。这种少数人常常为一个民族的代表，生命放光，为的是他会凝聚精力使生命放光！我们皆应当莫自弃，也应当得把自己凝聚起来！

三三，我相信你比我还好些，可是你也应得有这种自信，来思索这生存得如何去好好发展！

我小船已到了一个安静的长潭中了。我看到了用鸬鹚咬鱼的渔船了，这渔船是下河少见的。这种船同这种黑色怪鸟，皆是我小时候极欢喜的东西，见了它们同见老友一样。我为它们照了个相，希望这相还可看出个大略。我的相片已照了四张，到辰州我还想把最初出门时，军队驻扎的地方照来，时间恐不大方便。我的小船正在一个长潭中滑走，天气极明朗，水静得很，且起了些风，船走得很好。只是我手却冻坏了，如果这样子再过五天，一定更不成事了的。在北方手不肿冻，到南方来却冻手，这是件可笑的事情。

我的小船已到了一个小小水村边，有母鸡生蛋的声音，有人隔河喊人的声音，两山不大而翠色迎人，有许多待修理的小船皆斜卧在岸上。有人正在一只船边敲敲打打，我知道他们是在用麻头同桐油石灰嵌进船缝里去的，一个木筏上面还有小船，正在平潭中溜着，有趣得很！我快到柏子停船的岸边了，那里小船多得很，我一定还可以看到上千的真正柏子！

我烤烤手再写。这信快可以付邮了，我希望多写些，我知道你要许多，要许多。你只看看我的信，就知道我们离开后，我的心如何还在你的身边！

手一烤就好多了。这边山头已染上了浅绿色，透露了点春天的消息，说不出它的秀。我小船只差上一个长滩，就可以用桨划到辰州了。这时已有点风，船走得更快一些。到了辰州，你的相片可以上岸玩玩，四丫头的大相却只好在箱子里了。我愿意在辰州碰到几个必须见面的人，上去时就方便些。辰州到我县里只二百八十里，或二百六或二百廿里，若坐轿三天可到，我改坐轿子。一到家，我希望就有你的信，信中有我们所照的相片！

船已在上我所说最后一个滩了，我想再休息一会会，上了这长滩，我再告你一切。我一离开你，就只想给你写信，也许你当时还应当苛刻一点，残忍一点，尽挤我写几年信，你觉得更有意思！

……

二哥

一月十八十二时卅分

请把这信用眼睛多吻几次

我小船已把主要滩水全上完了，这时已到了一个如同一面镜子的潭里，山水秀丽如西湖，日头已出，两岸小山皆浅绿色。到辰州只差十里，故今天到地必很早。我照了个相，为一群拉纤人照的。现在太阳正照到我的小船舱中，光景明媚，正同你有些相似处，我因为在外边站久了一点，手已发了木，故写字也不成了。我一定得戴那双手套的，可是这同写信恰好是鱼同熊掌，不能同时得到。我不要熊掌，还是做近于吃鱼的写信吧。这信再过三四点钟就可发出，我高兴得很。记得从前为你寄快信时，那时心情真有说不出的紧处，可怜的事，这已成为过去了。现在我不怕你从我这种信中挑眼儿了，我需要你从这些无头无绪的信上，找出些我不必说的话……

我已快到地了，假若这时节是我们两个人，一同上岸去，一同进街且一同去找人，那多有趣味！我一到地见到了有点亲戚关系的人，他们第一句话，必问及你！我真想凡是有人问到你，就答复他们："在口袋里！"

三三，我因为天气太好了一点，故站在船后舱看了许久水，我心中忽然好像彻悟了一些，同时又好像从这条河中得到了许多智慧。三三，的的确确，得到了许多智慧，不是知识。我轻轻地叹息了好些次。山头夕阳极感动我，水底各色圆石也极感动我，我心中似乎毫无什么渣滓，透明烛照，对河水，对夕阳，对拉船人同船，皆那么爱着，十分温暖地爱着！我们平时不是读历史吗？一本历史书除了告我们些另一时代最笨的人相斫相杀以外有些什么？但真的历史却是一条河。从那日夜长流千古不变的水里石头和沙子，腐了的草木，破烂的船板，使我触着平时我们所疏忽了若干年代若干人类的哀乐！我看到小小渔船，载了它的黑色鸬鹚向下流缓缓划去，看到石滩上拉船人的姿势，我皆异常感动且异常爱他们。我先前一时不还提到过这些人可怜的生，无所为的生吗？不，三三，我错了。这些人不需我们来可怜，我们应当来尊敬来爱。他们那么庄严忠实地生，却在自然上各担负自己那份命运，为自己、为儿女而活下去。不管怎么样活，却从不逃避为了活而应有的一切努力。他们在他们那份习惯生活里、命运里，也依然是哭、笑、吃、喝，对于寒暑的来临，更感觉到这四时交递的严重。三三，我不知为什么，我感动得很！我希望活得长一点，同时把生活完全发展到我自己这份工作上来。我会用我自己的力量，为所谓人生，解释得比任何人皆庄严些与透入些！三三，我看久了水，从水里的石头得到一点平时好像不能得到的东西，对于人生，对于爱憎，仿佛全然与人不同了。我觉得惆怅得很，我总像看得太深太远，对于我自己，便成为受难者了。这时节我软弱得很，因为我爱了世界，爱了人类。三三，倘若我们这时正是两人同在一处，你瞧我眼睛湿到什么样子！

三三，船已到关上了，我半点钟就会上岸的。今晚上我恐怕无时间写信了，我们当说声再见！三三，请把这信用你那体面温和的眼睛多吻几次！我明天若上行，会把信留到浦市发出的。

二哥

一月十八下午四点半

这里全是船了！

我心中尽喊着你

我似乎说过泸溪的坏话，泸溪自己却将为三三说句好话了。这黄昏，真是动人的黄昏！我的小船停泊处，是离城还有一里三分之一地方，这城恰当日落处，故这时城墙同城楼明明朗朗的轮廓，为夕阳落处的黄天衬出。满河是橹歌浮着！沿岸全是人说话的声音，黄昏里人皆只剩下一个影子，船只也只剩个影子，长堤岸上只见一堆一堆人影子移动，炒菜落锅的声音与小孩哭声杂然并陈，城中忽然哨地一声小锣，唉，好一个圣境！

我明天这时，必已早抵浦市了的。我还得在小船上睡那么一夜，廿一则在小客店过夜，如《月下小景》一书中所写的小旅店，廿二就在家中过夜了……

明天就到廿了，日子说快也快，说慢又慢。我今天同昨天在路上已看到许多白塔，许多就河边石上捶衣的妇人，而且还看到河边悬崖洞中的房屋，以及架空的碾子。三三，我已到了“柏子”的小河，而且快要走到“翠翠”的家乡了！日中太阳既好，景致又复柔和不少，我念你的心也由热情而变成温柔的爱。我心中尽喊着你，有上万句话，有无数的字眼儿，一大堆微笑，一大堆吻，皆为你而储蓄在心上！

我到家中见到一切人时，我一定因为想念着你，问答之间将有些痴话使人不能了解。也许别人问我：“你在北平好！”我会说：“我三三脸黑黑的，所以北平也很好！”不是这么说也还会有别的话可说，总而言之则免不了授人一点点开玩笑的机会。母亲年老了，这老人家看到我有那么一个乖而温柔的三三，同时若让这老人家知道我们如何要好，她还会更高兴的。我在辰州时，云六说：“妈还说‘晓得从文怎么样就会选到一个屋里人？同他一样的既不成，同他两样的，更不好。’可是如今可来了，好了，原来也还有既不同样也不异样的人！”家中人看到我们很好，他们的快乐是你想不出的。他们皆很爱你，你却还不曾见过他们！

三三，昨天晚上同今晚上星子新月皆很美，在船上看天空尤可观，我不管冻到什么样子，还是看了许久星子。你若今夜或每夜皆看到天上那颗大星子，我们就可以从这一粒星子的微光上，仿佛更近了一些。因为每夜这一粒星子，必有一时同你眼睛一样，被我瞅着不旁瞬的。三三，在你那方面，这星子也将成为我的眼睛的！

你的二哥

十九下九时

我温习了一个日子长长的旧梦

这里已是下午一点又十分，我的船已过了有名的箱子岩，再过四点钟就会到最后一个码头了。我小船是上午七点开行的。船还未开动时，听到各船上吹天明号音，从大船起始，凡是有军队的皆一一依次吹号，吹完事后便听到有人拉移铁锚声，推篷声，喊人声。这点情形使我温习了一个日子长长的旧梦。我上来还是第一次听到天明号音。大约十四年前时节，我同许多人一样，这声音刚起头，各人就应当从热被中爬起，站在大坪中成一列点名的。现在呢，我同样被这号音又弄醒了。我想念你。三三，倘若两人一同在这小船上来为这种号音惊醒，我一定会告你许多旧事。但如今我写不完这些旧事，这太多了，太旧了，太琐碎了。你若听到过这样号音，一定也有些悟处。这种声音说起来真是又美又凄凉，我还不曾觉得有何种音乐能够与这个相提并论。

我早饭吃得很好，你放心。我似乎并不瘦，你放心。我还有三天在路上过日子，这三天之中我将吃得饱饱的，睡得足足的，使家中人见到，皆明白这是你给我一切照料的结果。我在辰州已换了件汗衣，是云六的。我墨水泼尽后又新从大哥处取来一瓶，到家后这种东西必不缺少，可是纸张只剩下一点点，倒有点惶恐，只担心到地后找寻不着这种东西。我到辰州时送了大哥一个苹果，吃完事后他把眼睛一闭，“吃得吗？金山苹果！美国橘子！维他命多，合乎卫生！”三三，他那神气真妩媚得很！

你收到这信后必有四天方可再得到我的信，因为从浦市过凤凰，来回必须四天的。我还怕初到地不能为你写信，希望得到你原谅。

我小船到了一个好山下了，你瞧，多美丽！我想看看这山，等等再写给你一些。

你二哥

廿下四时廿分

浦市已到，一切安宁。

我希望你不要难过

四点前发了个信，同时还去信告云六，要他为我拍个电报告你一切，可不知他会不会忘掉这件事。我到了这里一天半，各处是熟人，我不出门找他们，就有人来找我，故抽不出时间来详详细细告你一切事情了。我为了会见客人头也弄晕了，只有看你的信可以清醒一些。我希望你会还有三个来信的。我十三下行，就还有三个日子方能动身，若这三天无你信来，我是不快乐的。

这里一切使我感慨之至。一切皆变了，一切皆不同了，真是使我这出门过久的人很难过的事！妈病得很坏，近来虽离去危险期，但人还是瘦得很。我一时真不想离开她，但又不能不离开这老人家。我只想多陪她坐坐，但客人一来一坐又总是很久很久。我心乱得很，我很悔见到熟人，却妨碍了我同妈谈话的机会。我现在想有个办法把自己同熟人拉开，可是又无这个办法。

你想想，在这种情形下我如何办。我见到了你的相片，照得很美，故亲戚一问到你时，我必把相片给他们看。多少人皆把你看成了不得的，这为的是什么？不过为的是使妈高兴罢了。

我一上了岸，接到你的信，心就乱极了。三三，我希望你不要难过，我在十号以前会回来的。我也正想着，将来回到北平，决不会再使你面壁了！我想一切皆是我的不是，我向你认错，你原谅了我。我更得向三三认错，在信上说把你的文章丢到黄河里。其实并无这回事，健吾的文章同你的，皆好好地在箱子里！

这时已十点半了，家中人业已睡尽，我也得睡了。我希望这个时节你已安睡。

二哥

廿二下十时半

我想你得很！你应当还有些信来方好。

买白松糖浆二瓶当信寄。妈急于要用。

我的心很静，很温柔

我小船在一个两岸皆山，山半皆吊脚楼的某处过去，我想起应当为你写信了。我小船所到的地方，正是从辰州寄发一大堆信所写到的地方。上行时这些河边小屋如何感动了我，现在依然又有了机会到这种感动中来写信！这时已经快要入夜了。河边小屋在雨后屋瓦皆极黑，上面为炊烟包着浸着。远山还在雾里，同样在这条河中向上行驶的船，皆各挂了大小不等的白帆，沿河走去。有摇橹人歌声，有呐喊声。我的小船上的水手之一，已把晚饭菜煮好，只等待到了那个预定要到的站头，就抛了锚吃饭。今天从辰州开船时已七点八点，但船小而且轻，风又不大，故仍然走了八十九十里路。这小船应泊的地方名为潭口，明早便又得下最大的青浪滩了。照这样子算来，我是应当可以希望在八号到北平的。我也许到武昌停顿一天，把一点东西送给叔华。但我却愿意早见你们，不妨把东西从北平寄给她。这信是必须后天方能发出的，它将比我先到一天。

今早我上船时，大哥三弟皆送我到船边。船停顿的泥滩便是柏子小船停顿的泥滩，对河有白塔，河中有大小船数百，许多人皆同柏子一样，我感动得很！大哥在我小船开动以后还哑着个喉咙说："三月三人来啊，三月三人来啊！"他真希望你们来看看他经营的好看小屋，那屋在辰州地方很出色，放到青岛去时也依然是出色的。

信写到这里时我吃了一顿好饭，船停在河心买柴，吃完了饭站到外面看看，我无法形容所见的一切。总而言之，此后我再也不把北平假古画当宝贝了。

时间快要夜了，我很温柔地想着你。我还有八天方可见你，但我并不如上行时那么焦躁了。顺水行船也是使我不着慌的理由。我心很静，很温柔。

我因为在上面吃辣的太多，泻了许多天，上船来可好了。我一定瘦些了，我正希望到车上去多加点养料到身上去。我除了稍瘦一切都好，你放心。若这信比我先到，我得请求你不要睡不着觉，我至多只会慢这信一天到地的。

这次的船比上次还干净宽敞。

二哥

二月一日下五时卅七分

一天比一天接近你

这个时节我的小船已行走了五十里路，快要到美丽的柳林岔了。今天还未天亮时，船上人乘着蒙蒙月就下了最大最长的一个青浪滩，船在浪里过去时，只听到吼声同怒浪拍打船舷声，各处全是水，但毫不使人担心。照规矩，下行船在潭口上游有红嘴老鸦来就食，这船就不会发生任何危险。老鸦业已来过，故船上人就不在乎了。说到这老鸦时也真怪，下行船它来讨饭，把饭向空中抛去，它接着，便飞去了。它却不向上行船打麻烦。今天无风，水又极稳，故预备一夜赶到桃源。但车子不凑巧，我也许不能不在常德停一天，必得后天方能过长沙。天气阴阴的，也不很冷，也无雨无雪，坐船得这样天气，可以说是十分幸福的。我觉得一天比一天接近你了，我快乐得很！

我今天又得吃鱼，水手的鱼真不可不吃，不忍不吃。鱼卖一毛钱一斤，不买它来吃，不说打鱼人，便是鱼也会多心的。我带来了不少腊肉、腊肠，还有十筒茶叶，一百个橘子。还有个牛角，从苗巫师处得到，预备送一个人的。还有圈子，应作送四丫头等的钏子。还有梨子，味道并不怎样高明，但已是“五千里外远客”的梨子。还有印花布，可以做客厅垫单用的宝物！到长沙时，我或许为你们带了些酱油来，或许还可带两对鸭绒枕心作为垫子。我在长沙应蹲个半天，还应见四五个人，希望天晴，在街上可以多见识见识。长沙一切皆不恶，市面尤其好看。

……前天晚上我在辰州戴家吃宵夜，差不多把每一样菜皆来上一把辣子，上到鱼翅时，我以为这东西大约不会辣了，谁知还是有一钱以上的胡椒末在汤中。可是到后上莲子，可归我独享了。回家时已十二点钟，先回家的大哥早已睡觉了。

我小船又在下滩了，好大的水！这水又窄又急，滩下还停顿的有卅来只大船等待一一上滩。那滩下转折处的远山，多神奇的设计！我只想把你一下捉到这里来，让你一惊，我真这么想。我稀奇那些住在对岸的人，对着这种山还毫不在乎。

我这时已吃过了一顿模范早餐，我吃完了饭，水手也吃完了饭，各人在吸丝烟，船在一个艄公桨下顺流而下，这长潭，又是多么神奇的境界！我吃的是一大碗糙米饭，一碗用河水煮就的河鱼，一碗紫菜苔，一点香肠。三斤半的鲤鱼我大约吃了十二两，一个大尾巴，用茶油煎成黄色的家伙，我差不多完全吃光了。假若这样在船上半年，不必读一本书，我一定也聪明多了。河鱼味道我还缺少力量来描写它。

在岸上吃过饭后的人总懒些呆些，在船上可两样了。我在船上每次把饭吃过以后，人总非常舒服。只想讲话，只想动，只想写。六月里假若我们还可以有一个月离开北平，我以为纵不是过辰州避暑，也不妨来湖南坐坐我所坐的小船，因为单是船上这种生活，只要一天，你就会觉得其他任何麻烦皆抵消了。这河上的一切，你只需看一眼，你就会终生不忘的。等着六月再看吧，若果六月时短期离开北平不是件大事，我们就来到这河上证实一下我所说的一切吧。

今天一点儿风也不起，我的小船一个整天会在这条河上走两百里路的。今天所走的路，抵前次上行四天所走的路。你只想想这个比数，也就可以想象得出这段河流的速度了。

二哥

二号十二点或者还欠些

（我表已不在手边了）

这地方同你一样，太温柔了

假若你见到纸背后那个地方、那点树、石头、房子、一切的配置、那点颜色的柔和，你会大喊大叫。不瞒你，我喊了三声！可惜我身边的相匣子不能用，颜色笔又送人了，对这一切简直毫无办法。我的小船算来已走了九十里，再过相等时间，我可以到桃源了。我希望黄昏中到桃源，则可看看灯，看看这小城在灯光中的光景。还同时希望赶得及在黄昏前看桃源洞。这时一点儿风没有，天气且放了晴，薄薄的日头正照在我头上。我坐的地方是艄公脚边，他的桨把每次一推仿佛就要磕到我的头上，却永远不至于当真碰着我。河水已平，水流渐缓，两岸小山皆接连如佛珠，触目苍翠如江南的五月。竹子、松、杉，以及其他常绿树皆因一雨洗得异常干净。山谷中不知何处有鸡叫，有牛犊叫，河边有人家处，屋前后必有成畦的白菜，作浅绿色。小埠头停船处，且常有这种白菜堆积成 A 字形，或相间以红萝卜。三三，我纵有笔有照相机，这里的一切颜色，一切声音，以至于由于水面的静穆所显出的调子，如何能够一下子全部捉来让你望到这一切，听到这一切，且计算着这一切，我叹息了。我感到生存或生命了。三三，我这时正像上行时在辰州较下游一点点和尚洲附近，看着水流所感到的一样。

我好像智慧了许多，温柔了许多。三三，更不得了，我又到了一个新地方，艄公说这是“新田湾”。

有人唤渡，渔船上则有晒帆晾网的。码头上的房子已从吊脚楼改而为砖墙式长列，再加上后面远山近山的翠绿颜色，我不知道怎么来告你了。三三，这地方同你一样，太温柔了。看到这些地方，我方明白我在一切作品上用各种赞美言语装饰到这条河流时，所说的话如何蠢笨。

我这时真有点难过，因为我已弄明白了在自然安排下我的蠢处。人类的言语太贫乏了。单是这河面修船人把麻头塞进船缝敲打的声音，在鸡声人声中如何静，你没有在场，你从任何文字上也永远体会不到的！我不原谅我的笨处，因为你得在我这支笔下多明白些，也分享些这里这时的一切！三三，正因为我无法原谅自己，我这时好像很忧愁。在先一时我以为人类是个万能的东西，看到的一切，并各种官能感到的一切，总有办法用点什么东西保留下来，我且有这种自信，我的笔是可以做到这件事情的。现在我方明白我的力量差得远。毫无可疑，我对于这条河中的一切，经过这次旅行可以多认识了一些，此后写到它时也必更动人一些，在别人看来，我必可得到“更成功”的谀语，但在我自己，却成为一个永远不能用骄傲心情来做自己工作的补剂那么一个人了。我明白我们的能力，比自然如何渺小，我低首了。这种心境若能长久支配我，则这次旅行，将使我在人事上更好一些……

这时节我的小船到了一个挂宝山前村，各处皆无宝贝可见。艄公却说了话：

“这山起不得火，一起火辰州也就得起火。”我说：“哪一个山？”原来这里有无数小山。艄公用手一挥：“这一串山！”

我笑了。他为我解释：“因为这条山迎辰州，故起不得火。”

真是有趣的传说，我不想明白这个理由，故不再问他什么。我只想你，因为这山名为挂宝山，假若我是个艄公，前面坐了一个别的人，我告他的一定是关于你的事情！假若我不是艄公，但你这时却坐在我身旁，我凭空来凑个故事，也一定比“失火”有趣味些！

我因为这艄公只会告我这山同辰州失火有关，似乎生了点气，故钻进舱中去了。我进舱时听岸边有黄鸟叫，这鸟在青岛地方，六月里方会存在。

这次在上面所见到的情形，除了风景以外，人事却使我增加无量智慧。这里的人同城市中人相去太远，城市中人同下面都市中人又相去太远了，这种人事上的距离，使我明白了些说不分明的东西，此后关于说到军人，说到劳动者，在文章上我的观念或与往日完全不同了。

我那乡下有一样东西最值钱，又有一样东西最不值钱，我不告给你，你尽可同四丫头、九九，三人去猜，谁猜着了我回来时送她一样礼物。

我在家中时除泻以外头总有点晕，脚也有点疼，上了船，我已不泻不疼，只是还有些些儿头晕。也许我刚才风吹得太久了点，我想睡睡会好些。如果睡到晚上还不见好，便是长途行旅，车船颠簸把头脑弄坏了的缘故。这不算大事，到了北平只要有你用手摸摸也就好了。

我头晕得很，我想歇歇，可是船又在下滩了。

二哥

大约二点

我们不在一块儿太久了

我小船这时就到了桃源，想不到那么快的。这时大约还不过八点钟，算算时间，昨天从八点到下六点计十个钟头，今天从上六点到下八点计十四个钟头，一共廿四个钟头便把上行的六天所走的路弄完了。若不为了过常德取你的信，我明天是就可以到长沙的。若照如此经济办法说来，则从辰州到北平，也不过只需要七天或六天的日子罢了。我的小船这时已停泊了，我今夜还在船上睡觉，明天一早就搭了汽车过常德。我估想到那旅馆可以接到你三个信，有两个信却是同一天付邮的。这信中所说的正是我要听的话，不管是骂我也行，我希望至少有一个信，在火车上方不寂寞。我要水手为我买了十个桃源鸡蛋，也许居然还可以带一个把到北平。想到我不过五天就可以见着你，我今晚上可睡不着了。我有点发慌，我知道你们这时节是在火炉边计算着我的路程的。我仿佛看着你们。我慌得很！我们不在一块儿太久了！你真万想不到我每个日子如何地过。

我今天又看了一本新书，日本人所作的，提到近代艺术的一般思潮，文章还好却也不顶好。我想这种书你一定不高兴看，但这种书能耐耐烦烦看下去，对你实在很有益处。一般人不能作论文，不是无作论文的能力，只是不会作。看了这本书，也许多少有些好处。

这里有人用废缆做火炬，一面晃着一面在河边走路，从舱口望去好看得很。

二哥

二月二日晚

辑三

你在我的诗中，永远不会老去

遥怜小儿女，未解忆长安

二哥：

今天是什么日子？你在仆仆风尘中，不知还记得这个日子否。[①]早晨下了极大的雨，雷击震耳惊人，我哄着小弟弟，看到外面廊下积水成湖，猛地想到九月九日，心里转觉凄凉。自你走后，日子过得像慢又像快，不知不觉已经快一个月了。自从接到你廿七日南京来信后，三日未得书，计算日程，当已过武汉到长沙了。沿途各地寄来的信件，约二十五封以上，按月日视之，似未有遗失，惟次第略有颠倒而已。天津我曾发去五信，因你们住处再三迁移，致前四信均落于不可知中，只末一信由陶太太寄回。你天津来信，需时三日，烟台五六日，济南一星期以上，南京十日，武昌的信尚未得，你一天比一天离得我们远，此后长沙来信，当在半月以上了。长沙之行，不知杨先生仍同阵否？你们工作，一时恐难进行，若一时无事可作，你回沅陵住一阵也好。你走以后，叔华、萧乾、健吾各有信来问及我们

① 一九三三年九月九日是沈从文、张兆和结婚的日子。

的平安，颇以我们的安危为虑，各处我已一一作复。健吾新搬了住处，在法界巨赖达路大兴里十七号，夏云亦有电来，住衡阳仙姬巷廿二号，你当各为他们去一信。真一处我亦去了信，沪平通信，需时一月半月不等，常常后发的先到，先发的反后到。我们苏州全家俱已返肥，如此可以免去我一头挂虑。如寄信给大姐或爸爸，可写合肥龙门巷张公馆，二姐全家似亦在肥。我们这里一切都好，储米可吃到年底。现在我们已实行节食俭用，若能长此节省，余款亦可以支持过旧历年。生活版税三十九元已寄到，你不必写信去要，昨天常风又送来你评小树叶稿费十五元，还有祖春、长荣、老四稿费均在我处。祖春、长荣俱于上月离平，说是先到济南再定行止。长荣临行时来借去十元，戴七兄亦借去十元，他们身边只有限的几个钱。他们走后钱倒来了，这钱我无法寄出，只有暂时代为保存。我们在家平常深居简出，北平市面比一月以前更形萧条，入晚夜静，枪声时有所闻，城内尚安，奇怪的是西长安街的两大戏院却常常是满座。刘先生父女极爱听戏，他们同杨小姐去听过两次。杨先生来信，至今未提及家中人与物的安置，杨弟弟不日去燕大，杨小姐可以与我同住三叔家，困难的是书画家具无处存放，杨小姐因此层困难，又舍不得这院落，想请刘先生父女与她同住厢房，上房找熟人来住，今天就由郑先生带来某先生，惜乎这位先生娶的是位友邦的太太，我们觉得这件事得待考虑。事实上刘先生若艺专不开学，即刻就想回蓬莱的，最多只能在此住一二月。若一二月以后他们仍旧得回去，倒不如一劳永逸，此时就有个决定的好。刘先生建议杨小姐同他回去，杨小姐因感家乡匪多不愿回。事实上此时路上比你们走时更难，天津不好走，女眷尤甚。又想找几间房子叫翟明德看东西，她自己同我住，又怕长此下去费用太多，想来想去累在这些家家伙伙上面，因为杨先生临行时没有吩咐，杨小姐不知应如何处置，杨先生若与你同在，请你问一声回个信。有个你的同乡叫杨沛芸（又叫秀钧）的，来信问及熊秉公地址，此人亦在宣城。万孚的弟弟朱[1]亦有信给你，问你可曾看见他在晨报上对你文章的批评。家中可不必惦念，小龙瘦而精神，问及爸爸时，总说："爸爸到上海替我买大汽车，买可可糖。"虎雏十分壮健，驯白爱人。"遥怜小儿女，未解

① 朱即程朱溪，笔名朱溪。

忆长安”，他们哥儿俩你不必挂念了。有信望寄三叔家，搬不搬寄到那里总收得到。望你保重。

三妹

九月九日

整整四年了

光景太美，就越叫人难舍

二哥：

生日同秋节都过去了。已经是两个小孩的母亲，每到这种节日，还不免像小孩样有所感触。今年这边中秋节过得真热闹，大街小市，到处张灯结彩，盛况空前。我同九妹、龙朱到三叔家拜节，吃过饭回来，西单鼓楼人山人海，有如过年时厂甸情形。晚间在廊前赏月，杨起有一个很大很大的兔二爷也搬出来了。小龙本来早就嚷着要睡觉，后来听到月饼二字，忽然精神抖擞，唱歌，跳舞，操操，亲热人，做小脚走路，样样都来，供完兔二爷，尝了一点点月饼，也就心满意足，临去睡时，还对着剩下的月饼告诉人：明天吃。我们在阶前坐了很久，大家有一份惋惜的心情，光景太美，就越叫人难舍。现在好了，杨小姐已于昨日搬去刘先生家同住，我们亦拟于一星期后搬回西城，庭院空寂，光景十分凄凉。

本来抱定决心在北平住下，最近听听大家你言我语，觉得也颇有考虑之必要。一来为来源断绝担着心，二来看北平熟人陆续走尽。徽因、钱太太、张太太已走，朱太太也有回川的意思，前天来问我们能同行否。我们三人情形不同，杨小姐能走而不愿走，九妹愿走而不能走，我呢，有着乡下老太婆死守家园的固执，情愿把孙儿媳妇一齐打发走了，独自一个人看家。前两天整理书信，觉得更不愿意走了，我们有许多太美丽太可爱的信件，这时候带着麻烦，弃之可惜，这还只书信而言，另外还有你一大堆乱七八糟的书籍文稿，若我此时空身南下，此后这些东西无人清理，也就只有永远丢弃了。北京十余天不闻炮声，真像是天下太平，住在这里比什么地方都安全，想着广州南京正炸得不成样子，上海、平绥、平汉、津浦各线一天不知有多少年轻人死亡，对于这种安全实在心有所愧。有人劝我们，在留下尽够南下路费时，应即南下，但我们若留此，至少有四个月安定，而四个月以后两个小孩也就长大不少。若此时动身，无论到安徽、湖南，生活即刻就发生困难，我不愿意南来累赘你，到合肥住也许将来还是必经的阶段。我不知道你余款尚能支持多久，工作只你一个人如何进行，文章还写不写？我顶惦记着你那个中篇，这时候，接下去好呢，还是就任它停止了？你要什么东西望来信时一一注明，乘这时津浦线还能通行尽可能多寄点给你，若战事延长一年半载，则此唯一孔道，势必亦将断绝，到音书完全断绝时，那真有点急人了。前次寄包裹内有被面、被单、衬绒袍各一，家制布衬衫两件，你喜欢穿的也给寄来了。你写字的宣纸同好图章要不要？我还想寄一两个瓷盘子给你。那块花缎不日即寄，问邮局，说包裹虽寄，何日可到不得而知，路上一定耽搁极久，久一点不要紧，我真怕它丢掉了。

小孩你可全不用担心，你走后数日，小龙即能自己吃饭，用银勺，坐着吃，吃时极认真，绝不东走西跑，吃的东西与我们相同，所多者牛奶、黄油、馒头、毛豆每天必食而已。小弟弟尤其可喜，整日整夜地睡，自己的奶已足够他吃，已有一个月不添奶粉了。现在小脸、两腿、两胳膊俱见丰满圆润，醒时有人招他玩便咯咯大笑，人走了便自言自语玩手，乖极了，一点也不麻烦人，我现在是真欢喜他。龙的相片是你带他到公园照的。龙早已不吃橘子，北京今年白梨鸭梨都丰收，因无出路，特别便宜（二十枚一斤），现在就给龙吃梨。小弟是什么养人补品都不吃，长得胖得很。徐妈及厨子工钱加了甫及两月，暂时不好减去，拟迟迟再说。家里钱若省俭用，可以支持到旧历年后，但若买煤，给小孩们添置点冬衣，就不行了，还有九妹没有一件厚大衣（两件皮大衣都不知去向），那怎么行？若用钱不多，到时有富裕，打算为她做一件。

龙画的毛三爷寄你看看。他告诉我，哪是手，哪是耳朵。眼睛、鼻子、嘴，甚而至于毛三爷的三根毛都画出来了，小龙的进步真惊人。我在家里闲着做点什么事呢，又闲，又不定心，真的这场战争什么时候才有结果！

问候叔华他们。

一九三七年九月廿四日

所要讲义汪和宗整理好后即寄来。

一星期未见你信

二哥：

一星期未见你信，今天才得你寄西城两信，廿二日平快和廿四日平信同时得到。这两封信算是你九月十五以来第一次来信，我猜想还有许多信存在鼓楼邮局，不久就会转来的。萧乾、之琳、曹禺他们全都到武昌，武汉的骤形热闹而成为朋友们聚合的中心，真是不可思议的。听说徽因一家人已到长沙，不知你们见过否？为什么你又得搬家？先住的房子是借住的么？现在同萧乾夫妇同住外还有谁？为什么这时候还租那么大的房子？年内还有四个月，你想不想过怎么支持下去？就算年内挨过，明年你们的事情还能继续么？我想着你那性格便十分担忧，你是到赤手空拳的时候还是十分爱好要面子的，不到最后一个铜子花掉后不肯安心做事。希望你现在生活能从简，一切无谓虚糜应酬更可省略，你无妨告诉人家，你现在不名一文，为什么还要打肿脸充胖子？我这三四年来就为你装胖子装得够苦了。你的面子糊好了，我的面子丢掉了，面子丢掉不要紧，反正里外不讨好，大家都难过。所要钱我已写信给大姐，她当会如数寄二百元给你，这边所剩无多不能寄你。在南边朋友多熟人多，有的是办法，我们这里朋友都走空了，不走的自己都顾不全，一旦经济断绝，叫我们怎么办？——信写至此，接到你十七、十八、十九、廿各信，全是由国祥胡同转来，三婶在院子里嚷，“沈先生一天来六封信，真不得了！”朱干干[①]连连为你快信、平快信的邮票可惜。按道理说，快信平快全然毫无用处，不比平常，现在反而比平信慢，每次如此。你要的小学课本已在两星期前分别包了三包用挂号寄来，封皮上写的是陈通伯收，此时想已收到，收不到你去陈家问问。我现在专等你收到包裹的回信到平，即刻为你寄丝棉袍厚呢裤，还有钢笔尖、袖扣、窗纱、写字的墨，不都是你要的？邮件全由陈小莹家转是不是太麻烦人家？可否直接寄三八三号，我怕你又搬了新住处，故此信仍由叔华转。

---

① 干干，方言，指带孩子而不喂奶的长者。下文“朱干”为“朱干干”之略写。

小龙仍然瘦，精神可好。鱼肝油不是这非常时期的必需品，饮食间注意点就行了。小虎越发长得可爱，有小拜拜的样子。小龙太懂事，像个小大人，聪明但不如小虎好玩。徐妈厨子工钱才加了两个月，不便又减。你不在家，其实厨子此时可以不用，可是厨子人老实，徐妈主意多，然徐妈又最得用。将来到南边住家绝对自己操作，少用人少烦些。

又接到你寄中和明片同九妹的信。

兆

一九三七年十月五日

我原想同你亲亲热热说点体己话的

二哥：

昨晚得你快信，今天上午接杨先生由石坦安转来一信，仍有希望我们南来的话。梁先生梁太太已不打算南下，樊先生已到，今天杨小姐同我商量，是否应同他一起走。前几天只听到这里炸那里炸，好像随便走到哪里，随时都会有炸弹从头上掉来，因此大家已决定不走。这几天仿佛情形又转好一点，虽说樊先生是由广东来的，但此去听说拟由济南走。我仍然不打算走。我好像算定这场战事不久就会了结，非常乐观，我希望到明年春暖以后，再从从容容地上路，或者欢迎你们北来。杨小姐也不想走，但要等杨起决定，因为他读书问题在首要。他们若走，为时一定很匆忙，他们不走，汪也会把杨先生的衣物送到珞珈山来。我捡了一下箱子，也想请他为你带点衣服来，捡来捡去，你实在没有什么衣服。一件衬绒，一件驼绒，一条厚呢裤，若不付邮，此时由他带来，或者还可以赶得及穿。家里只剩下一件丝棉袍、一件厚驼绒袍了，而且脏的脏，破的破，实在见不得人。我本想给你换过面子的，一来舍不得钱，二来时间来不及，送到时你自己换吧。汪同樊先生同行，大概是什么书也带不了的，你要的《小寨》与《神巫之爱》我怕遗失，暂时不寄。教科书已托正仪请人由天津寄出，不知能否收到。包裹第一次九月十五寄出，第二次十月八日，若不能得到，实在可惜，因里面有你心爱的那块缎子。听卓先生说，他们寄上海的包裹，居然可以收到，但为时亦在两月，也许你不久也就可以收到。大姐寄的钱既收到，应先还给之琳，我在这里收了他百二十元。另外由八姐处取五十，你置一点衣服吧。家里钱连之琳祖春等稿费足可以支持到阴历年后，煤已买了三吨，预备只生两个炉子，九妹同朱干对调，我房烟筒通过去就行了。厨子我预备过了阴历年再辞，可是看到他近来做事极负责，处处小心的样子，心里不忍，存了心要不用他，见了他总觉得有点抱歉；但若用下去实在是浪费。将来我们若不住北平，在别处安家，一定力求简单，不多用人，什么事自己动动手，顶多用两个女工，一个看孩子，一个烧饭打杂足了。黄先生钱已还来，她一定要还我，我把杨先生的一半已交给杨小姐，我这一半暂存这里，等她需用时再借给她，我知道她收到钱不多，一时又走不掉，将来仍然很窘的。我并没有写信家去要爸爸寄钱来。你晓得我家那位令堂的脾气的，为什么给爸爸找气受？再说，自己能挨总想挨过去不求人好，我平常未雨绸缪原因即在此，我最怕开口求人，即或是自己的父亲，但现在不似从前了。你平常总怪我太刻苦自己，因小失大，现在该知道我不错了。家里谁都不懂节俭，事情要我问，我不省怎么办！？就以现在说，再省再省也迟了。你那边能自己供应，能办到不借钱更好，万不得已也只能以极小度借贷，杨先生钱亦不多，而况他用处较广，由他给杨小姐信可知。你万万不可再向他借了。我很奇怪，为什么我们一分开，你就完全变了，由你信上看来，你是个爱清洁，讲卫生，耐劳苦，能节俭的人，可是一到我一起便全不同了，脸也不洗了，澡也不洗了，衣服上全是油污墨迹，但吃东西买东西越讲究越贵越好，就你这些习惯说来，完全不是我所喜爱的。我不喜欢打肿了脸装胖子外面光辉，你有你的本色，不是绅士而冒充绅士总不免勉强，就我们情形能过怎样日子就过怎样日子。我情愿躬持井臼，自己操作不以为苦，只要我们能够适应自己的环境就好了。这一战以后，更不许可我们在不必要的上面有所奢求有所浪费。我们的精力，一面要节省，一面要对新中国尽量贡献，应一扫以前的习惯，切实从内里面做起，不在表面上讲求，不许你再逼我穿高跟鞋烫头发了，不许你用因怕我把一双手弄粗糙为理由而不叫我洗东西做事了，吃的东西无所谓好坏，穿的用的无所谓讲究不讲究，能够活下去已是造化，我们应该怎样来使用这生命而不使他归于无用才好。我希望我们能从这方面努力。一个写作的人，精神在那些琐琐外表的事情上浪费了实在可惜，你有你本来面目，干净的，纯朴的，罩任何种面具都不会合适。你本来是个好人，可惜的给各种不合适的花样给 Spoil[①]了，这只是就一点而言，以后我们还得谈，还有许多浪费精神的事，是我所深知的，也是你所深知的，可是说过多少遍你不听，我还得说，不管你嫌烦不嫌烦，还得说。你看，我一写起信来，总是絮絮不休，你一定不喜欢这样的信，为什么我就那么不会写，我原想同你亲亲热热说点体己话的，不知不觉就来了这一套，像说教的老太婆，带住了，下次谈好一点的，原谅我。

三妹

十月廿五晚

① Spoil，损坏、糟蹋，搞糟。

极希望用我的痛苦换给你一点幸福快乐

三姊：

今天你来的电说拟缓来，不知为什么原因不上路。我猜想总有原因。若果这个信还可到你手边，我希望你对来不来好好打算一番。我到长沙时和杨先生商量到你们来好还是不来好，结果觉得能来还是来好。因为来到这里，大家即或过点困难日子，吃碗稀饭，也必比两地分开牵牵挂挂为妙。就目前情形，通信动不动即得半月，若两地交通一阻隔，我们心里不安，你们生活也不安，这种情形你可以想象得出。天气渐渐寒冷，十二月里海河一封冻，想来就不能再由天津坐船，到时必须坐车到塘沽，其不方便处不用提也明白。若不动身，则至少就得等到明年四月方可希望南行，战事到时如更恶化，如何走？走不动，信也难通，一年半载，说不定我还得向内地跑，这么办我恐怕你在北方日子过不了。纵生活无问题，精神上你受不了。你和孩子虽十分平安，还是不能安心；要做事，总有所牵绊，不便做。要写文章，不能写，要教书，心不安，教不下去。并且我自己知道你同时也知道，就是我离开你，便容易把生活转入一种病态，终日像飘飘荡荡，大有不知所归之慨。表面上生活即或还能保持常态，精神生活上实不大妥当。过日子不免露出萎靡不振神气，脑子且有点乱。你同我在一处时，就什么都好多了。可是如果你与我恰恰相反，在一处时为操心家事，为我种种麻烦，实在不大受用，离开我后，反而觉得一切简单得多，生活也就快乐得多。如果事实的确如此，我们就从长计划，你决定不即南行，依然和孩子留在北平不动，到得钱时，我即将钱寄来（如能照八月得千五，必寄一千来。恐怕只有一千左右，有一千我也寄六百来。你想让九妹南行好，就让她过上海大姐处去）。不过这样办得先料到几件事，一是南北间隔，也许有半年音讯不通。二是我因事故会走入内地，离你更远。三是你在北方日子过得当真会好，且能安心过下去，又还对我放得下心，你自己又不会出什么不快乐不开心的事。你算算看，什么好就照你以为好的去做，我不强迫你做不乐意的行动。你不来事实上对我也未尝无好处，因为这时节住什么地方多久总难说定，要走动，一个人当然比一家人容易方便，有事变，一个人当然比一家人容易处置，要做事也还是独自一人好。可是这是“原则”，与“事实”相去稍远。事实是我们都得承认，如此时代，能在一处，不管过的是什么日子，总比离开好！你尽管说我不好，我在你身边时，麻烦你太多，共同过日子又毫无快乐可言，去你所理想太远，说不定留在北平，凡我所能给你的好处瑞菡或三婶就能代替，此外也正因为我不在你身边，还有更多想象不到的人给你的尊敬和友谊，使你觉得愉快。不过由我看来，两人的幸福，还是同在一处，方能得到。为孩子计，也是如此。为你计，也是如此。

你是不是仅仅为的怕孩子上路不便，所以不能下决心动身？还是在北方，离我远一点，你当真反而感觉快乐一点，所以不想来？不拘哪一种理由我都能了解而原谅，因为我爱孩子也愿意让你快乐。只是请告我一声，说明白了，免得我在这边发了电报写了信老盼望着，且总以为你已动身了，白着急，为你们路上经过而着急。我还得一本正经地同你说，不要以为我不明白你，或是埋怨你，疑心你，对你不肯南行就生气。我不生气。你即或是因为北平有个关心你，你也同情他的人，只因为这种事不来，故意留在北京，我也不妒忌，不生气。我这些地方顶明白道理，顶明白个人的分际。我近来因为读了些书，读了些关于生理学和人生哲学的书籍，反省自己，忽然产生了些谦卑情绪，对于我们的关系，增加了些义务感觉，减少了些权利感觉。这谦卑到极端时且流于自卑，好像觉得自己一切已过去了，只有责任在身。至于你，人既年轻，还有许多权利可得，虽做了两个孩子的母亲，不为的是报复，只为的是享受，有些人对于你的特殊友谊，能引起你的兴味时，还不妨去注意注意！我不是说笑话，不拘谁爱你或你爱谁，只要是使你得到幸福，我不滥用任何名分妨碍你的幸福。我觉得爱你，但不必需因此拘束你。正因为爱你，若不能够在共同生活上给你幸福，别的方面我的牺牲能成全你幸福时，我准备牺牲。有痛苦，我忍受痛苦。

为什么我说这些话？不是疑心你会如此如彼，只是我记起你某一时的感触，以及你的年龄，以为人事不可料者甚多，一个好端端的人也会发疟疾，害伤寒病，何况被人爱或爱人？我说真话，假若当真凑巧有这样事情到你生活上时，你完全不用顾虑到我，不用可怜我，更不用怕我，尽管做你以为是的好了。我这个人也许命运里注定要有那么一次担负的。我好像看到了这种幻景，而且俨然从这种痛苦幻景中，得到另外一种暮年孤寂生活的启示。我这人原来就是悲剧性格的人物，近人情时极近人情，天真时透底天真，糊涂时无可救药地糊涂，悲观时莫明其妙地悲观。想到的事情，所有的观念，有时实在不可解。分析起来大致有数点原因：一是遗传上或许有疯狂的因子；二是年纪小时就过度生活在幻想里；三是看书太杂，生活变动太大；四是鼻破血出，失血过多，用脑太过。

综合结果，似乎竟成了一种周期的郁结，到某一时自己振作不起来，就好像什么也不成功，你同我分裂是必然的，同别人要好是自然的。我到头还是我，一无所能，一无所得，与社会一切都离得远远的，与你也离得远远的。真糟糕。救济它只有一法，在你面前就什么都转好了，一切颜色，气味，声音，都感觉很满意，人仿佛就站住了。你一时不来呢，活该受罪，受自卑到无以复加的罪。

这种周期性的自加惩罚，也许还是体力的缺陷，睡眠不足、营养不足的影响，也许竟只是写这种长信的影响。一次好好的睡眠和一顿好好的饮食，少写点信，多晒晒太阳，就会减轻许多，不过要它断根，可真不容易。你一定记得，就是我们在一起时，有时也会发生这种症候，情形怪糟的。

你放心，我说虽说得那么可怜，总还是想法自救，正如同溺水的人，虽然沉溺了，两手总还是捞着草根树枝，不让自己下沉。日常生活照样打起精神干下去，而且极力找寻自己的优点，壮自己的气，想象世界明日的光明，以为个人值得努力生存。

给孩子和你自己照半打小相来，并来信告我，是不是当真觉得留在大城住下，对孩子好些，对你也觉得好些？不要为我设想，正因为只要你们过日子觉得好，我就受点苦也不碍事的。

我极希望用我的痛苦换给你一点幸福快乐（我应当如此，必须如此）。几年来由于我的粗心，我的糊涂，给你太多不愉快，我愿意照你意思安排，得到我能得的种种。

二弟

十一月六晚

愿你也特别谨慎小心

碧[1]：

把蔚、起送上火车，回来心里轻松不少。其实谁住在这里也不要我负什么责任，因为北平与其不能久留，走一个我总觉得轻松许多。他们乘十三号的船，本来打算走青岛，临上车忽然又听樊太太说走广东，也许还要坐一段飞机，这一来可麻烦了，路上的耽搁一定不少，什么时候到长沙就不得而知了。这次我的坚留不走，真可算不错，不然路上二十来天的颠簸，大大小小六口人，就说路费他们借给我，孩子们同我到地后一定都得生一场大病。他们的走我觉得很对，因为这件事迟早得办，解决了总比悬着的好。并且他们走了同时也解决了我不走的决心。他们不走我虽也打算不走，但总有一个走的机会，现在是非到明年才能打走的主意了。不能与他们同行我觉得对杨先生很抱歉，因杨先生曾叫他们借路费给我们同行，种种情形望你写信同杨先生说说。蔚走时留下一百元给我，这

① 碧，是对沈从文的别称（下同）。

个钱她本来预备九妹与她同行作路费的，九妹不走，这钱她一定要留下给我，她说路上不敢多带，我就收下了。下午关先生又送来健吾给的百元，健吾怕我们在此受窘，虽然我写信去说你暂时不能有款还他，不敢收用，他仍然要关先生送来给我。我还没有收到李先生给我的复信，此款暂时代收，如若他要，随时可以汇给他。我不知道明年你的工作是否还可以继续，即能继续，除维持生活外，是否还有力量还债，所以各方面虽然都愿意接济我，我却不敢收受。关于李先生的钱事为什么你总没有回我？我好像在几封信中都提过了。杨小姐来，我托她带一部楷帖，一个枕套（枕瓤由汪带来），一条皮带，另外还有两个盘子，一个是你今年花二元在厂甸买的那个五彩鸳鸯戏荷大盘子，一个是西番莲边有小孔眼的小盘子，两个都很厚实，塞在他们行李囊内绝不会碰坏。只是他们走粤汉路，这东西不知要到什么时候才能带到了。我们住这里你可以放心又放心，不要看到他们到后又着急。九妹先虽愿意南来，后来也觉得单独南来不妥，大家都安分地过日子，总不至于做到使你难过的地步。愿你也特别谨慎小心，这年头谁也不忍对自己将来怀多大奢望，慢慢刻苦地过着说罢。午后我为你抄了几节晨报副刊上的小诗小文，三本副刊是松坡图书馆的，抄完了我打算送给蹇先生。对你文章中所记以前饿肚子情况我很难过，碧是受过这样苦日子来着吗？

十一月九日晚

你写的字已分大小两卷挂号寄出。

一家人的担子全在我身上

二哥：

接到你廿三日的信，得知三哥病了的消息①，我们真非常难过，九妹流了许多眼泪，不过这也没有法子，幸而生的是这种病，我们除难过而外，对三哥却有无限敬意，写信时请告诉他，住在北方的我们，连同两个孩子在内，对他致深切的慰问和无上的敬礼。现在我们亟于要知道的，他的症状碍不碍事，有无完全复原的希望，希望上天同一切的神灵保佑他，使他得归于平安。

信写至此，报纸来了，看到报纸上鲜明的几行红字，南京完了！真快，这使我们不解。这里预备南京陷落，早已筹备庆祝大会，今天九时将放炮庆祝，明天将张灯结彩，吹吹打打，大举游行，热闹盛况，较之保定太原陷落时当更过之，无不及也。

算算日子，杨小姐等早该到了，我这里已接得她廿三号由

---

① 三哥即沈从文的弟弟沈荃（字得余）。三哥病了的消息，指沈荃在浙江嘉善阻击日军血战中负伤的消息。

香港来的信，由香港到长沙，有樊先生等同行，途中安危当早顾虑到，只是我卅号拍一电至长沙，至今未得复，不知何故。

来信说钱又完了，杨先生也窘。幸而我们未冒险上路，这一大家人到了武汉，路费还不够，你说怎么办！难道全累倒杨先生么？说不过去。完全仰仗爸爸给寄钱，你那位丈母娘大人的脾气你难道还不知道，人情冷暖，我们非至万不得已时，勿遭人白眼才是。现在健吾既三番四次把钱给我们用，暂时日子有得过，只要大家苦苦地把难关渡过，精神好，身体好，一切都好办。希望你懂事一点，勿以暂时别离为意，我的坚持不动原早顾虑及此，留在这里也硬着头皮捏一把汗，因为责任太大，一家人的担子全在我身上，我为什么不落得把这担子卸到你身上，你到这时自可以明白，你当时来信责备得我好凶，你完全凭着一时的冲动，殊不知我的不合作到后来反而是同你合作了。

今天礼拜六也许可以见到王正仪，他不来，我拟去找他。钱拟付给他一百元。接到电报后即可去八姐处取钱。望省俭着用！

余不赘，颂安。

三妹

十二月十一

我们的青春，哀乐，不能第二次再来的

碧：

这几天天气太好，太阳照人温暖如小春时分，天气好得简直叫人生气。夜来一片月色，照在西窗上清辉适人。十二点，我起来给小弟弟吃一遍奶，吃完奶又把他身底下湿片换了。小东西像是懂得舒服似的，睁大了一双黑眼憨憨地笑，过后又把一只大拇指插进口中，呓呓唔唔入于半眠状态中了。小龙现在白天不睡，身上既不痒，晚间睡得沉熟，开灯轻易不会醒来。睡得红红的小脸，下部较你在时丰腴得多，头发三个月未剪，已过耳齐眉，闭着眼，蜷着身子，两只膀子总是放在被外边，身上放散着孩子特有的温香。我捏熄了灯，可是想到你白天来的两封挂号信，想这样，想那样，许久不能成寐。这几天我想的可太多了。种种不容人只图眼前安逸，不把眼光放射得远一点。我觉得我们以前的生活方式是一种错误，太舒服了，不是中国人的境遇所许可的。一次战争，一回淘汰，一种实验，死的整千整万地死去，活着的却与灾难和厄运同在，你所说的“怎样才配活下去”，正是我想了又想的。我脑筋十分清晰，可是心难免有点乱。我不知道你此时是否在武昌，抑或已同那一群不同姓氏却同患难的亲友，经过若干风涛险滩，到了你故乡那个小乡城了。我觉得故乡虽好，却不能久呆，暂时避难则可，欲图谋个人事业发展，故乡往往是最能陷人的。杨先生事情多，恐怕也不能隐身到内地去。杨家姐弟若无处可住，你把他们安插到辰州倒好。小五弟若能回家，顶好是让他同家里人在一起；家乡不能去，你就带着他跑吧。至于我这里，你可以完全放心，不论你走多远，我同孩子总贴着你极近。前一礼拜挂号寄出孩子相片多张，不知你是否可以得到。希望你常常想念着我们。苏州家屋毁于炮火，正是千万人同遭命运，无话可说。我可惜的是爸爸祖传下的许多书籍，此后购置齐备不可能了。至于我们的东西，衣物瓷器不足惜，有两件东西毁了是叫我非常难过的。一是大大的相片，一是婚前你给我的信札，包括第一封你亲手交给我的到住在北京公寓为止的全部，即所谓的情书也者，那些信是我俩生活最有意义的记载，也是将来数百年后人家研究你最好的史料，多美丽、多精彩、多凄凉、多丰富的情感生活记录，一下子全完了，全沦为灰烬！多么无可挽救的损失啊！我唯一的希望是大姐回乡时会收检一下我的东西，看是否有重要的应当带走，因而我们的信件由此得救，可是你来信却说大姐他们走时连衣物都未及带，我的东西当然更顾不到了。我现在的唯一希望是我们的房子能幸免于难，即或房子毁了，东西不至于全部烧毁，如有好事的窃贼，在破砖碎瓦中发现这些宝贝，马上保存起来，将来庶几可以同它们见面，我希望如此。为这些东西的毁去我非常难过，因为这是不可再得的，我们的青春，哀乐，统统在里面，不能第二次再来的！我懊悔前年不该无缘无故跑苏州那么一趟，当时以为可以带了它们到苏州避难，临回北方来时又以为苏州比北京安全，又不曾带来，又不曾交给大姐或一个别人，就只一包一包扎好放在那个大铁箱子里，铁箱既无钥匙留下，她们绝不会打开看看，真是命运！

杨家姐弟到底到了没有？我挂念得很！

你那边来的信件十有九被检查，此去信件不知也被检否？请你注意一下，我的信是否按次能收到？复我。

信得后，无论你在哪里，可写信请八姐寄一百元给你，因前天已付王正仪百元。如已得，就不必提了。

祝安好

叔文[1]

十二月十四日晨一时三十五分

---

① 叔文，张兆和之笔名。

我不能不为你担忧

从文：

几件事情使我连日心乱如麻，不知如何是好：第一，不知道你行止如何，是向家乡走，还是上成都，还是留下不动？每一条路都似有问题；第二，杨小姐姊弟至今不得消息，发电至长沙，不见作复，昨又寄去一快信；第三，我们此后的生活问题。来信说，等杨小姐等到时，就同他们到沅陵家中住下，这在减轻杨先生担负上讲，自是合理的，但你是否顾虑到两点：一、历次据大姐来信谈，沅陵宅中居住外客颇多，前此九妹欲还乡，你们犹言不可，此次你带大批人马前去，是否应先写信通知一下大哥同三哥，勿给他们太多不便，不至事到临头，你把这一批人无处安置。二、你现经济来源完全枯绝，虽然杨家众人日常食用不需你筹办，但你手头无一钱，做主人实非易事，难道回去累着哥哥、兄弟么？这也许是我的过虑，你也许全已想过，但我看你平时计划什么，往往所见不远，往往顾此失彼，因此常会轻诺寡信，不但事无结果，往往招致罪尤，这在你过去的生活中，不乏这样的事例，我不能不为你担忧。只是你那边如何决定，如何行事，应早已有定规，我信到时，殆已事过境迁，本属无用，不过我所见如此，不能不略向你一述罢了。杨小姐一行人至今不到，即令中途无险厄，久住香港，进退两难，也是非常讨厌的事。起弟南来，原为杨先生来信有“就父读书”之言，若到了武汉又得逃难，倒不如留此不动，在这里至少读书不会有妨碍，在生活方面也可减轻杨先生许多负担，若在香港久留，耗费必多，何时能到，犹不可言。总之他们此次走得太不凑巧，你也不必责这个怪那个，前些信你担心他们走胶济遇险，怪我单让他们上路，以为走香港较好，此来既得他们到港电报，又知道走胶济的人已安到，而他们仍无到达的消息，又怪樊先生人大胆小，不该走粤汉，其实身历其境的人，每一举一动，都是经过考虑的，正不同你高踞山中，单只运用脑子，以为这样好，那样不好，翻来覆去，覆去又翻来，别人把事情办好了，你无话可说，一遇蹩扭，就有你责难的了。我是同你在一起受你责难最多的一个人，我希望你凡看一件事情，也应替人想想，用一张口，开阖之间多容易啊，这是说你对日常事物而言，惟其你有这样的缺点，你不适宜于写评论文章，想得细，但不周密，见到别人之短，却看不到一己之病，说得多，做得少，所以你写的短评杂论，就以我这不通之人看来，都觉不妥之处太多。以前你还听我的建议，略加修改，近一二年你写小文章简直不叫我看了，你觉得我是“不可与谈”的人，我还有什么可说！不过我觉得你的长处，不在这方面，你放弃了你可以美丽动人小说的精力，把来支离破碎，写这种一撅一撅不痛不痒讽世讥人的短文，未免太可惜。本来可以成功天衣无缝的材料，把来撕得一丝丝一缕缕，看了叫人心疼。我说得太直了，希望你不要见怪。说到我们此后生活问题，你所见较大较远方面，我都一一同意，但就较近较切身的眼前生活而言，虽然暂时可无问题，但若果真你的工作明年不能继续，我希望你要早一点想办法才好。固然，凌宴池答应你可以有你一年的饭吃，我这里要合肥家里接济总也不会遭拒绝，但我们就能安于此么？我希望的是能不求人最好，即或是自家爸，你应该知道我的苦衷，假如我自己母亲活着，想想看，现在还待我开口求助么？你懂得我这点心情，你写信到合肥时，无论是给大姐或宗弟，请不要提到要爸爸帮助我的话，到不得已时，等我自己写信，这话由你口中说出去，我不愿意。这不大妥当，你知道的。

曾到邮局问过，所寄包裹，据云不至遗失，因车皮缺乏，包裹至少要三个月始能到。我第一次寄包裹的日期是九月十五号，寄交陈通伯；第二次十月八号，交凌叔华；一大包书亦交通伯，为十一月五日寄，如你稍缓时日再他适，包裹当可收到。如必得他去，请一妥当人代收或请邮局一一为你转去。写信时应该把你所有的名字都写给邮局，因为我的信不一定写哪个名字。

葡萄架旁那一方地，夏天种茄子的，冬天泼水成冰，便成了家中大小孩子的溜冰场，你的冰鞋大妹妹穿得，四妹的小二妹穿正好，小龙穿着双棉鞋也到冰上去溜冰，大家常被三婶妈大嚷大骂叫回来。

三

十二月十七

希望不久可以得到你信

二哥：

接到你七日来信，一礼拜过去，昨天又才收到你十日的信，我也许久不曾给你写信，这期间我曾病了几天，发一天烧，睡了一天，现在已全好了，孩子们都好，你可以放心。

杨家姊弟平安到了，真是谢天谢地！我真为他们捏一把汗。

十日信言月底以后你的住址应有变动，此信到时，你人应已不在山中，这个信不知什么时候才可以得到。我希望不久可以得到你信，告诉我一定行止，也好叫我定心一点。

来信说那种废话，什么自由不自由的，我不爱听，以后不许你讲。你又不同得余，脑筋里想那些，完全由于太优裕的缘故，此后再写那样话我不回你信了。

我现在焦灼的是我们以后的生活问题，我们已经负下了债，再下去还要负得更多，你好像有人能够给钱给我们用就很好了，我想起来却非常着急。“假如平时每月可以留下五十元，在这时候不会不无小补吧。”这样的话，你以前听着会嗤之以鼻的，现在也是，将来也还是。本来嘛，谁知道将来是个什么世界，这正是给大家一个反省的机会。我还恨我们的生活不够窘迫，不能身经目击那许多变乱，彻底改造我们的生活，扫除一切虚伪的绅士小姐习性！我们都自己觉得太聪明一点，觉得比人超过一等，因此平时总觉得这件事别人能做，我不能做，不屑做。这以后，不做，看大家怎么办！

我希望战事不久可以告一段落，容我有机会用我自己的手来养我自己，养我孩子。我希望有这样训练的机会。你说译书，现在还说译书，完全是梦话。一来我自己无时间无闲情，再说译那东西给谁看？谁还看那个？文学也者，尤其是经过一道翻译的别人家的东西，这时候还是收敛了吧。

三

十二月廿九

辑四

我要傍近你，方不至于难过

你将为我好好的做人

甲辰[①]：

前昨两日接连收到紫一、紫八、紫九及卅日信四件，紫二、紫三则在月初即得。初以为济南发生变化，此后信由香港绕道北来，必在一月左右，不想最近一信，二十日即到，虽则次序排列颠倒得太厉害，有的还不曾送到，虽然如此，消息还不至完全断绝，亦云幸矣。此后你作万里云南之行，书信每一往复，逾一月二月就不可知了。

云南号称蛮夷之邦，地多瘴病，不知你可能服那方的水土？现在公路既通，一切应当不同一点。那边熟人除徽因一家外还有谁？同行还有何人？到那地方想仍继续以前编书工作，汪和宗当亦同行，如此，杨小姐一家人作何打算？盼一一见告。你说夏云行将北来，听了真叫我高兴，这边熟朋友全走了，住下来实在乏味，夏云来我们多个熟人热闹热闹，况且他是从你身边来的，是半年来第一个从你身边走来的人，我是多么热切地

① 甲辰，沈从文笔名之一。

盼望他快来啊。我盼望他能告诉我你的近况以及你未来的打算，还有你对于我们的种种，我愿意听听你的意见。前天黄先生来此，她半月内即南下，由香港返湘。她劝我们最好能早行，因战事扩大，这地方难免不被波及，且长此下去，生活无着，愈陷愈深，更不可拔。

我因种种问题，仍未断然决定，一因路费不足，二因天气尚寒，三则你的居处无定，跑到长沙，还得往你身边跑，这么长的路程是不是孩子们所能受得了的，种种都待考虑。我想迟一两月再看情形，也许先到上海，到上海虽不是好办法，但总算走了几分之几的路程，离你们近一点，有落脚的地方，休息一月半月再往南走。

我这计划能否实现，要看彼时局势及自己经济情形如何决定。来信说已得了钱，如果可以寄来，我们有了路费，随时可以上路，我也胆壮多了。不知道你领的是不是如以前的数目？

这边已领过健吾三个月的钱，计三百元，希望你从那边寄还他，此后他的钱就请基金会径寄上海，我不再领了。之琳款寄不去，我为代收，每月八十，自二月份起由我取用（十月百二十元交我手，十一月寄川，十二月、一月由念生太太取去），他若需用你寄点给他。此外你借用杨先生二姐的钱，希望你尽可能地还清他。我们个人生活清苦一点无妨，现在谈不到享受，能以不饥不寒就很好了，举债过多不还，将来越积越多，添增累赘，希望这一点你能听我的话。

上月十四日王正仪曾拍一电给八姐，请她由家里付你百元，现在知道电报在路上也得走个十天半月，所以你离武汉若在廿日前后，此款必不能得，究竟如何，来信盼一提及。如已不需，告诉我，我将仍从正仪处把钱取回。一星期前曾寄一信至沅陵，当时因多日不得你信，不知详情，颇觉纳闷，信寄家中由你大哥转，当可送到你手边，在那信中我曾说到想谋一小事做做，现在则似不必须了，我们在此既不能久留，一切不谈。

来信说，不管我们离得多远，你将为我好好地做人，将为孩子做个好父亲，使他们将来以有你这样一个父亲为荣，听这个话，我心里熨贴极了，我希望你真能做到，我希望这不是一句空话，不是一时拿来安慰我的空话。

我现在身体很好，精神有时振作，有时又十分萎靡。我不知道你现在置身何所，想到你有那样一个艰苦的旅途，想到你越走越远，我们不知要经过若干时日若干困难始能会面，心中自不免难过。孩子在我身边，身体不会坏（不乱吃东西），习惯不会坏，只是妈妈是个性情太收敛的人，只担心孩子们个性不发扬，怯弱，无能，如同妈妈一样。不过小龙就比我泼辣，嘴也比妈妈强。小龙常常想念你，要到爸爸家去。我说："我们一同回合肥，爸爸在湖南，不带爸爸去。"他就哭，眼泪真挤出来了。已认识不少字，吃饭时，必在垫桌子的报纸上找他认得的字，一面吃一面看，那种对吃饭无兴味满不在乎的神气，活像小从文。

公公婆婆最疼他，每天除吃饭睡觉外，多半时间跟着婆婆，谈这样，问那样，琐琐碎碎的，但却清清楚楚，颇为三婶解闷不少。公公境况不好，常常发大脾气骂人，见到龙总是喜笑颜开，认为奇货，赞不绝口。小龙要常同他在一起，听他言说，窥他行动，才看得出他的趣处。小虎则第一面就给人好印象，瑞菡、邓三小姐、王家姨父，一来便抱不释手，连医学生的姨父都说这样健康的孩子是他见所未见，由此你可以知他的壮实。

其实这孩子自生以后就不大采用最新科学卫生的养育方法，现在更甚。橘子水、鱼肝油、奶粉，种种高贵的滋补食品，向来与彼无缘，连做母亲的也不特别为他喝什么汤汤水水，却长得那么好。不见得美，却自有他蛮憨可爱处，第一在头发，越长越黑，越曲，第二在眼睛，大而亮，睫毛长，蓝芬芬的颜色。我总疑心种因于某一次青岛海天的清明美妙，一定是有一次那海上的天空太美了，给我们印象过深，无意中就移植于孩子的眼睛里。孩子们累我，却也消散去我心上漫漫的迷雾，孩子们究竟是好的。

又得你紫六、紫七两信，写的是由武汉至长沙情形。你现在在哪里？我有许多话要说，那说不出的，我用眼睛轻轻地全写在这纸上了，你看得出的，我要你保重自己，爱我们，爱一切的人！

兆

一月廿日夜

此时我独坐灯下为你写信

二哥：

我本来想守夜通宵不睡的，因为爆竹声音繁复震耳，同另一时枪炮声音相仿佛，不易入眠。信写至十二时许，有打门声甚急，听是送快信的。后门已被三爷从里门加上一把锁，我从门缝里接了快信条子，打了戳子，再从门缝中递出去，换来你十一日发的紫十四。我欢喜听你说到云庐的种种，庐内主客的种种，以及庐外云山的种种。我又欣喜你有爱写信的习惯，在这种家书抵万金的时代，我应是全北京城最富有的人了。我因你行止无定，半月来只写过两次信，一次寄辰州由你大哥转，一次寄圣经学校装在杨小姐信中，两封都是挂号，应该可以得到。

此时我独坐灯下为你写信，市内通宵不断的爆竹声至天明更烈，以至我不时停下笔来谛听。在乱世之下，人如惊弓之鸟，况且外面谣诼众多，令人将信将疑，不知所之。远处有擂鼓声音，如电影中土人跳舞时的音乐，声音短促而粗砺，咚咚咚、咚咚咚、咚咚咚，沉重地敲在人心上，很不舒服。

小虎醒了，吃奶以后我就接连忙不开交了，等等再写。

一月卅一晚十时

今天新年，乱哄哄的一天，两家的孩子各穿了新衣，忙出忙进，景况仍然十分热闹。中午我们在三叔家吃的饭，下午卓君庸、王正仪来，晚饭王正仪三叔婶在我家吃的。晚间舅舅大姨翻出许多旧衣大帽子、围巾、腰带，六个孩子，连同小龙小拴在内，打扮得怪模怪样，跑到我房里来演戏，小龙头包红围巾，擦得一脸白粉，身上莫名其妙地捆了一些绳子带子，解开扣子，两只手掀起大襟，同戴着黑胡子的舅舅乱蹦乱嚷一气，这是他们的戏。最能欣赏他们这一套的仿佛还是小虎。婆婆抱着他，你能想象他的眼睛睁得有多大，简直看愣了，一动也不动。小孩子是仍然有他们的世界的，可怜是生在这种时代，一切只有从简了。你要他们的相片，天气还冷，小虎不敢抱到院子里去，缓日照了寄来，此次只得旧照寄来三张。

夏云说来，至今未见到，想是不来了。

我不记得你那内外都是绿色兰花的大盘子带给你没有，已不在这里了。家里盘子多半是残破的，已没有什么顶好的了。

你要我送王正仪，他欢喜那浅黄色内有兰菊的大盘子，我已送了他。你说什么都不要了，不会舍不得吧。旧锦同衣服收不到不能怪我，是你叫我寄的，等到你再来信叫我莫寄时，早已付邮了。我们若一离北平，丢的东西就更多了，算了吧，你说有什么法子。

杨小姐已定婚，我真为她欢喜。但是我更愿意知道张先生是个怎样的人，因为我欢喜杨小姐，也就十分关心她的事。

三嫂在不在家？你们一行人不宜太累大嫂。

两个孩子身体都好。小龙自你走后，又乖又好，没有"下床气"了。夜间被小弟吵醒，翘起头来望望，说"龙龙乖，你睡，你睡"，便避开灯光把脸转向床里睡去。成天不要人带，有伴玩也会闹，无伴玩一个人也能静，要不就同公公婆婆聊天，一去就是半天。公公婆婆给他迷得心花怒放，一有客来，公公必在饭桌上夸奖小龙的智慧，且细述他的所说所为。大姨同舅舅常说："小龙又来迷婆婆了。"小龙迷人用一张嘴，小虎迷人则用一双眼，外来客人一眼就欢喜小虎，家中熟人则多疼小龙。其实两个孩子各有长处，都极惹疼。三婶常说："三姐的两个孩子真是没得褒贬的了。"这不应当是假话。小虎长得胖，但不痴肥，杨小姐走时比你在家时好玩，现在比杨小姐走时更好玩了。

关于我们启程的事，希望你考虑一下，是不是应等你到了昆明或重庆后再定？据卓先生同王正仪说，上海一般状况比北平坏，但我又怕越迟下去越不容易走。我所谓“迟”，是指两月以后还不走的话。老伯伯若二三月准移九龙，我们索性等她搬定后再去，到香港上下可以有人照料，但不知彼时情形何似。据一班人推测，三四月间必更糟，那时候粤汉路能不能走还说不定。也许到后来仍然是留此不动，事情真难说。

问你们一批难民的好，特别向大嫂问候。

三哥无恙？

三

一件事值得报告，小虎在昨天（除夕）忽然发现他能坐得住了。小五弟应该还记得，大前年在苏州，小龙在除夕那天忽然会走路的，两兄弟不约而同都挑上这个日子。

我心里种种，你明白

二哥：

这张纸在桌上摆了一整天了，早上就预备写——不，前天就预备写的信，这时候才来动笔，两孩子已睡定，鼾声停匀，神态舒适，今晚这封信大概可以完成，可是信寄到时，你应已作万里云南之行了。

两孩子都种了痘，小的情形好，痘已发，连第一次种痘例有的烧热都未见有，身体算好。大的可糟，又像去年一样，冻病了。本来可以不用脱衣的，因为我已特地为他换了一件袖子宽大的毛线衣，讨厌的人人医院的护士，一定要脱，把衣服脱掉露出光膀子种，种完了又得等干，干了以后才包扎穿衣，这样就冻着了，烧热两日，情形可怜，瞧着怪难过。幸而现在已好，成天喊肚子饿，淘气得很。小虎的毛衣同内衣因我已预先改制过，故未着凉，他身体原来好，也经事些。

连日接上月廿二、廿四、廿五、廿九及三月一日各信，知萧乾已行，你们不出十天也得上路。我寄沅陵信你才收到两信，不明白这边情形，难怪你着急。家里大小，除了小龙种痘出了上述的毛病外，其余人个个身体不错。

九妹一切都好，只是处在目前情形下，日子似过得更无聊。有一天晚上，我们正吃饭，谈着别人家的闲话，她忽然哭了，我不知道什么缘故，第二天饭也不吃了，只吃了些面。那天她曾有一封信寄给你，我猜她一定是太寂寞，遇事便不如意。那两天正赶着小龙发烧，小虎第一次种痘，我也伤风，又得喂奶。我不会说话，不能像你在家那样哄哄说说，骂骂又笑笑，心里揪作一团，一点办法没有。她又像是不高兴我，又说全然不干我事，只是她自己想着难过罢了。所幸过了两日，暗云即过，脸上又见了笑容，现在到躲姐家去了，今天已住了第三日。以前她老说要走，说就是做叫花子到自己的地方总高兴些。

前一阵，那个一见飞机来就吓得脸色发白两腿直打哆嗦的邓小姐来，商量同九妹去南方，她们觉得住在这里无聊，闲着又惭愧，要走，要找工作做，说是任什么苦都能忍受。对这意见我不敢赞同，因为我知道她们俩都不是能吃苦的人，无非唱唱高调罢了。可是若当真有一天她不愿住到这里，一定要走，你又不在这里，我想到我身上的责任，我极烦恼。我自己呢，日夜为两个孩子绊着，用的人，一个太老，一个太娇，自己又不能干，因此就显得更忙更累。你屡次来信说要我译书，是你不明白我的情形。说起来心痛，这样下去，我也完了。我现在唯一的愿望，是俭俭省省地过，大家能相安，帮助我把这难关渡过，因为要俭省，就不得不自己多添忙累，因为要俭省，就使得家里人心里不愉快，这是必然的结果。可是这个家在我手里，我不省怎么办？你向来是大来大去惯了的，你常常怪我太省，白费精神，平日不知节俭，这时候却老写信要我俭省，你不是把恶人同难题都给我做吗？事情看来容易，说来容易，临到自己做来就全然不同了。我不会说话，不愿说话，我心里种种，你明白，你明白的。你们难民团有人不守秩序，给你的烦恼，你觉得难受，又说不出，而我，一向就是过的你那样生活的。

前两天又得杨先生自长沙金城银行汇来二百元，打算全部还给健吾，就同他清账了。另寄一百五十也交健吾，一百是之琳预备寄回家的，五十之琳还芦焚，这一还，我这边就不欠什么账了（只用过之琳一百六十，二月三月的钱）。

今天小龙收到大伯伯的信，我念给他听，听后他抿着嘴笑，他有一张放大的相，王家姨父放的，将送给大伯与大妈。

“其”字你常用错，如“王树藏还好，萧乾每日逼其写字读英文”，这就错了，因为“其”字一向作“他的”解，如“杨大少爷与其新妇”就对了。我怕你写信给别人也会写错，故而相告，你莫又讥笑我是文法大家啊！

接之琳信，合肥我们一家人已上行到了汉口，一部分人且已入川，四妹尚拟留汉口找事做。你们若得知他们确实地址，见告为要。

这边又有了谣言，都说四月里不妥当。瑞菡一家人劝我们去上海，我想同夏老表、常风、正仪诸人商量商量。夏云到平后只来过一次，至今未来。若不走，在下月中旬就得搬进那小而破的房子去。

九妹回来了，她说想去上海，又想回沅陵。回家太危险，无伴怎能去？到上海又将累大姐，奈何！

三

三月廿二

我知道你一定极累

三姐：

十二、十三、十四号信都收到，孩子大小相片见到五张。放大相顶美，神气可爱。有同乡老前辈见到，说小虎简直与其祖父幼小时完全一样。祖父成人时壮美少见，小虎长大一定也极好看。小龙样子聪明，只是缺少男子雄猛气分。

家中紫荆已开花。铁脚海棠已开花。笋子蕨菜全都上市，蒜苗也上市。河鱼上浮，渔船开始活动，吃鱼极便利。

院前老树吐芽，嫩绿而细碎。常有不知名雀鸟，成群结队来树上跳跳闹闹。雀鸟声音颜色都很美丽。小园角芭蕉树叶如一面新展开的旗子，明绿照眼。虽细雨连日，橘树中画眉鸟犹整日歌唱不休。杨柳叶已如人眉毛。全个调子够得上“清疏”两字。人不到南方，对于这两个字的意义不易明白。家中房子是土黄色，屋瓦是黑色，栏杆新近油漆成朱红色，在廊下望去，美秀少见。耳中只闻许多鸟雀声音，令人感动异常。黄鸟声尤其动人。

今天星期日，这时节刚吃过饭。我坐在写字桌边，收音机中正播送最好听的音乐，一个女子的独唱。声音清而婉，单纯中见出生命洋溢。如一湾溪水，极明莹透澈，涓涓而流，流过草地，绿草上开遍白花。且有杏花李花，压枝欲折。接着是个哑喉咙夏里亚宾式短歌，与廊前远望长河，河水微浊，大小木筏乘流而下，弄筏人举桡激水情境正相合。接着是萧邦的曲子，清怨如不可及，有一丘一壑之美，与当地风景倒有相似处。只是派头不足，比当地风景似乎还不如。尤其是不及现前这种情景。

你十三号信上说写了个长信，不曾发出。又似乎想起什么事十分难受。我觉得不要这样子为一些感觉苦恼自己。这是什么时代？这时代人应当有点改变，在空想上受苦不十分相宜。我知道你一定极累，我知道孩子累你，亲人、佣人都累你，得你操心。远人也累你，累你担心一切。尤其是担心到一些永远不会发生的事情。我看到你信上说的“你是不是真对我好”，我真不能不笑，同时也不能不……你又说似乎什么都无兴味了，人老了。什么都无兴味，这种胡思乱想却有兴味。人老了，人若真已衰老，哪里还会想到不真对你好。我知道，这些信一定都是你烦极累极时写的。说不定还是遇到什么特别不如意时写的。更说不定，还是遇到什么“老朋友”来信或看过你后使你受了点刺激而写的。总而言之便是你心不安定。我住定后你能早来也许会好一点。你说想回合肥真是做梦，你竟似乎全不知道这半年来发生了些什么事，不知道多少逃难者过的是什么日子，经历的是什么人生。我希望你注意一下自己，不要累倒，也不要为想象所苦恼。

希望你译书，不拘译本什么书都好，就因为我比你还更知道你，过去你读书用心，养成一种细致头脑，孩子只能消磨你的精力，却无从消磨你的幻想或思想。这个不曾消耗，积堆过久，就不免转入变态。或郁结成病，或喜怒无常。事后救济和事先预防，别无东西，只有工作。工作本身即无意义，无结果，可是最大好处却……[①]

一九三八年四月三日

---

① 现存原信缺尾。

只是想念及你和孩子，好像胆量也小了，心也弱了

三姐：

小院子已绿成一片。老树也绿了，终日有八哥在树上叫，黄昏前尚叫个不止。居常天明以前落雨，白天不落雨。便在雨中，也有雀鸟叫。我们定明天上路，看情形，在这里恐不容易得到你来信了。这时节你一定以为我们业已上路。殊不知还是坐在廊下听鸟声。

路上至少得十天。试想想，上西山只是一点钟汽车，这里却得整整十天！爬的山至少比西山高二十倍，有些地方百里内无住户人家，无避雨处，无烧火处。路上情形，可以想见。可是一切有数，不用担心。这信到得你手边时，我或者已到昆明和熟人全见面了。也许半路出了意外（这是乱世极平常的），你记着一件事，不必难受，好好地做个人为是。国家需要你这样，孩子需要你这样，尤其是二哥，盼望你这样。死者完事，生者好好地活。使孩子健康长大，受良好的教育，不堕落，有父亲之刻苦做事，厚道待人，有母亲之明大体，爱清洁，守秩序，这就是成功，也就是做人。忘了我的小毛病，数年来对你的许

多麻烦，且忘了我的弱点。应当忘掉的都得忘掉，莫为徒然痛苦所压倒。正因为未来日子甚长，可做事还多。你年纪还很青。我知道说到这点会使你难过起来，可是不能不说说。我倒什么都不怕，遇什么都受得了，只是想念及你和孩子，好像胆量也小了，心也弱了。本来定今天上路，就因为担心心弱，腰部不大舒服，便休息了一天。小五哥已于前天上路，他的通信可由晏池先生转。

很想念小虎，半年来不见他，已想不出是个什么样子。头发眼睛想不出，神气也想不出。九妹若想过上海，有伴上路，让她上路。大姐三嫂同住，到了那里，日子也许可以变变。不想走，即需好好过日子。这世界，万千人都欲活不能活，我们能吃、喝、住，毫无困难，应当知道已不容易。再不好好过日子，等等不知自重，自己向自己捣乱。回沅陵住是妄想，房子虽好，生活如何支持？大哥因三哥困难，不寄钱来，生活并不从容，性情认真而天真，九来恐过不惯。将来也许可望你们都来住，你们一同来住。这地是为小虎小龙准备的。在我住楼房右手，现在只有一匹马，三五株竹子，两堆芭蕉，一片草。房子约四五百元可以成就。花钱极少，弄得极好看合用。我希望到八九月你们当真便可来这里住。小虎到这里来，必十分快乐，因为鸟雀之多，不可形容。小龙来时一定只想上城，屋后不远即可上城，在城上可看的很多。鱼很新鲜，美观之至，在河边可看人打鱼。河边虽不如青岛海边好看，并且不如海边干净，可是船只极多，木筏也好，颜色气味都令人感动。负柴担草妇人过渡时，尤其好看。半渡时两岸如画，四围是山，房子俨然全在山上。房子颜色很美，对河即可看到。走近北门时，高石墙如城，藤萝缭绕，上不少阶石才到大门，进门青翠扑人。如你当时同杨小姐一路，这时住这里，必觉得比上昆明好。在廊下看山，新绿照眼，无法形容。鸟声之多而巧，也无可形容。近日来常有一八哥，老老实实稳当当坐在新发叶子的老树枝上，叫了一会又休息休息，听别的鸟叫，休息过后又接着叫。

杜鹃还不曾开口。

四弟焕顿首[1]

四月十二

---

① 沈从文在沈家男性中行二，故给张兆和的信中常自称“二哥”或“二弟”。若包括已夭亡的姐姐，他在沈家又行四。“焕”是原名岳焕的简写。此处自称“四弟焕”，可能是在家乡勾起种种记忆之故，是一种即兴抒情。

若两人在一处，这疲倦便抵消了

三姐：

昨天黄昏感觉疲倦，腰部大不舒服，因此上了床，决定停一天再走。因此今天不走。白天写信时觉得很好，到下午有点不妥，尚以为信写得太多了的原因。吃过饭，便觉得又有点和昨天差不多情形，肚子咕碌碌作响，人很疲倦，又想睡。骨节作痛。情形与昨天一样，与小五哥杨小姐数日前所患也一样。应当休息再说。可是行李已打了包，什么都准备好了。还是决定明天上路，一切交之于天；不上路也不成，钱已快用光了。不上路什么都得重新想法。也许在边境上我可休息两天，因等车而休息。

这时节已将近黄昏，尚可听到八哥和画眉叫声。城头上有人吹号角。我有点痛苦，——不，我有的是忧愁，——不，我只是疲倦而已。我应当休息，需要休息。

想起你每日为孩子累倒的情形，我心中充满同情。若两人在一处，这疲倦便抵消了，会很平静地坐在廊下，看黄昏中小山城炊烟如何慢慢上浮，拉成一片白雾，一切鸟声市声犹如浮在这白雾里。

× 小姐同刘家父女同大哥正在楼下小房中玩牌，大家都欢喜大哥。

过一会儿我也许还可听听音乐，想它会恢复我一点力量，一点生气。如明天可以上车，明天这时节，我一定住在一个小小旅馆里，地方比这里小得多，可是风景却美丽得多。住的地方是黔湘边境，说不定入夜即可听狼嗥，听豹子吼。

头有点闷重。应当休息。又似乎吃错了冷茶，我记起了我不宜于吃冷茶，一吃即出毛病。多久以来即注意到这件事。不凑巧今天又来了这么一下。

这里黄昏实在令人心地柔弱。对河一带，半山一条白烟，太美丽了也就十分愁人。家中大厨子患霍乱病仅一天，即在医院去世，今天其父亲赶来，人已葬了，他即住在那厨子住的门房里，吃晚饭时看到那老头子畏怯怯地从廊子下边走到厨房去，那种畏怯可怜印象，使我异常悲悯。那么一个父亲，远远地跑来，收拾儿子一点遗物，心中凄凉可知。尤其是悲哀痛苦不能用痛哭表现，只是沉默默地坐在那门房里，到吃饭时始下厨房去吃饭。同住的是个马夫，也一句话不说，终日把他的烟管剥剥剥敲房枋。小五哥一走，天又下雨，马像是不大习惯，只听到在园中槽口上打喷嚏。园中草地已绿成一片。

小虎小龙和你若这时在我身边，我一定强多了。

窗间还亮，想睡又觉得太早。

孩子使你累得很，到累倒时，想想我的情形，会好一点。我不会忘记你们的。黄昏，半夜时听隔屋孩子哭声，心里也很动念，仿佛哭的是小虎。

小龙一定不常哭了。天气转暖，孩子一定已可穿薄夹衣看花了，这里我又穿上了棉袍，也许还得一直穿到昆明。被盖留下大丝棉被，换了一床蓝色绸纱的，比较小，比较轻。箱子只带两个小的，大的不带。将来要带也方便，邮局寄运行李较公路自带还稍贱。

黄昏已来，只听到远远地有鸟雀唤侣回巢，声音特别。有孩子笑嚷。我想给你们寄点印花布，作孩子被单，这里印花布太美，来不及了，将来或要大哥寄，当信寄可收到。

手边有一本选集，一本《湘行散记》，一本《边城》，一本《新与旧》，一本《废邮存底》，象征卅年生命之沉淀。我预备写一本大书，到昆明必可着手。

健吾有信来，奇怪……据说是爱国女学的学生。想来很有意思，因料不到有那么一个人同看电影，同过日子的。

大姐无信来，想已回上海，又以为我们上了路。若彼尚在汉口，必可见小五哥。

听到杜鹃叫了，第一次听它，似在隔河。声音悲得很。无怪乎古人说杜鹃悲啼，神话中有杜鹃泣血故事。几个北来朋友还是一生第一次听到它。声音单纯而反复，常在黄昏夜半啼，也怪。

吻你和孩子。

四弟

四月十二下七时

每个女子就是一个大海

三姐：

天尚未亮，隐约中可见到一些山树的轮廓，和一片白雾。不知何处人家，丧事经营，敲打了一整夜锣鼓，声音单调而疲乏。一定当真疲乏了。和尚同孝子，守夜客人和打杂帮工，在摇摇欲坠的烛光中，用鼓声唱呗声振奋自己，耳朵中也听到鸡声，且估计到厨房中八宝饭早点莲子羹，热腾腾的在蒸笼里等待着。这鼓声大约一千年前就那么响着，千年来一成不变。

杜鹃在各处叫得很急促，很悲，清而悲。这鸟也古怪，必半夜黄昏方呼朋唤侣。就其声音之大，可知同伴相距之远，与数量之稀。北方也有，不过叫声不同罢了。形体颜色都不怎么好看，麻麻的，飞时急而乱，如逃亡，姿势顶不雅观。就只声音清远悲酸。

我们准备五点半就过江，还得叫城门，叫渡船，叫……所谓内地旅行便如此。“鸡声茅店月，人迹板桥霜。”写的就正是这种早发见闻。渡江时水上光景异常动人。竹雀八哥尚在睡梦中——在睡梦中闻城里鼓角，说不定还做梦，梦到被大鸟所逐，恶犬所捕，或和黄鸟要好！一切鸟都成双，就只黄鸟常常单身从林端飞出。叫声也表示它的孤单。啄木鸟也孤单，这孤单却正说明立场在各自工作求食，与黄鸟孤芳自赏性格不同。

大家都起床了，只待上路。得下山，从一个出窑子的街（尤家巷）过身，说不得过路时还有狗叫，那些无顾客姑娘们，尚以为是别的主顾出门！出了尤家巷到大街，门照例是掩上的。城门边有个卖豆腐的人，照例已在推磨打豆腐了。出城时即可见到一片江水，流了多久的江水！

稍迟一点过渡，还可看到由对河回来的年轻女子，陪了过往客人睡了一晚，客人准备上路，女人准备回家。好几次在渡船上见到这种女子，默默地站在船中，不知想些什么，生活是不是在行为以外还有感想，有梦想。谁待得她最好？谁负了心？谁欺她骗她？过去是什么？未来是什么？唉，人生。每个女子就是一个大海，深度宽泛，无边无岸。这小地方据说就有五百正规女子，经营这种事业。这些人倘若能写，会有多少可写的！

鸡叫得较促，夫役来了，过廿分钟我就在渡船边了。小虎这时节也许已经醒了，你小房中灯已亮，小龙也许正在叫姆妈，翻了个身。这纸上应当有杜鹃声、鼓角声、鸡声，以及楼下大哥大嫂安排物件话语声。同时且应当有另外一种声音，宝贝。

吻两个孩子。

四弟

五时过十分

我们隔得那么远，然而又好像那么近

三姐：

已夜十一点，我写了《长河》五个页子，写一个乡村秋天的种种。仿佛有各色的树叶落在桌上纸上，有秋天阳光射在纸上。夜已沉静，然而并不沉静。雨很大，打在瓦上和院中竹子上。电闪极白，接着是一个比一个强的炸雷声，在左边右边，各处响着。房子微微震动着。稍微有点疲倦，有点冷，有点原始的恐怖。我想起数千年前人住在洞穴里，睡在洞中一隅听雷声轰响所引起的情绪。同时也想起现代人在另外一种人为的巨雷响声中所引起的情绪。我觉得很感动。唉，人生。这洪大声音，令人对历史感到悲哀，因为它正在重造历史。

我很想念小虎小龙，更想念起他们的叔叔[1]，因为叔叔是很爱他们，把他们小相片放在衣袋中的。一年来大家所过的日子，是什么一种情形！我们隔得那么远，然而又好像那么近。这一

① 作者的弟弟沈荃，自一九三七年在浙江嘉善保卫战负伤后，一九三八年在九江沽塘与日军血战中又一次负伤。

年来孩子固然会说话了，可是试想想，另外一个地方，有多少同样为父母所疼爱的小孩子，为了某种原因，已不再会说话，有多少孩子，再也无人来注意他！

我看了许多书，正好像一切书都不能使一个人在这时节更有用一点，因为所有书差不多都是人在平时写的。我想写雷雨后的边城，接着写翠翠如何离开她的家，到——我让她到沅陵还是洪江？桃源还是芷江？等你来决定她的去处吧。

近来极力管理自己的结果，每日睡六小时，中时还不必睡，精神极好。吃饭时照书上说的细嚼主义，尤有好处，吃后即做事，亦不觉累。已能固定吃两碗饭。坐在桌边，早到晚，不打哈欠。

孩子应多睡一点，因为正在发育，大人应当少睡，方能做出一点事情！

廿九晚十一点

一家人都上西山玩去了，只剩下我一个人坐在桌边。白天天气极好，已可换薄夹衣。但依然还不至于到要喝汽水的程度。所以这里汽水从不用冰冰过。看看大家都能够安心乐意地玩，发展手足四肢之力，也羡慕，也稀奇。羡慕兴致甚好，稀奇生活毫无建树，哪有心情能玩！据我个人意思，不管又学什么，一天到晚都不会够，永远不离开工作，也不会倦。可是我倒反而成为病态了，正因为大家不觉得必须如此，我就成为反常行为。翟明德视为有神经病，你有时也觉得麻烦，尤其是在做事时不想吃饭，不想洗脸，不想换衣，这一类琐事真够麻烦。你可忘了生命若缺少这点东西，万千一律，有什么趣味可言。世界就是这种"发狂"的人造成的，一切最高的纪录，没有它都不会产生。你觉得这是在"忍受"，我需要的却是"了解"。你近来似乎稍稍了解得多一点了，再多一点就更好了。再多一点，你对于我就不至于觉得凡事要忍受了。

近来看一本变态心理学，明白凡笔下能在自己以外写出另一人另一社会种种，就必然得把神经系统效率重造重安排，做到适于那个人那个社会的反应，——自己呢，完全是"神经病"。是笑话也是真话，有时也应当为这种人为的神经病状态自悼，因为人不能永远写作，总还得有平常人与人往来生活等等，可是我把这一套必需方式也改变了。表面上我还不至于被人称为“怪物”，事实上我却从不能在泛泛往来上得到快乐。也不能在荣誉、衣物或社会地位上得到快乐。爱情呢，得到一种命运，写信的命运。你倒像是极乐于延长我这种命运。为我吻孩子。

四弟上

卅早七点

但愿路上平安

三姐，得孩子们相片，并七月十六日信。小虎简直太像洋娃娃了，大家都觉得好看得可笑，都愿意他早来受众人欢迎。他不来很耽搁我事务，因为望着他那睁得极大对一切俨然惊奇的眼睛，我就好笑，什么也不用做了。文件已办，日内寄港。

真一来信说你想由上海转船。我看还是香港好，因为那里有萧三哥和你二弟照料一切，省事而方便。来时记着，为你和九和孩子，到港“白塔”那么一个外国名铺子，各买胶底麻麻的织成材料的鞋子一双，徐植婉说大人的只一元八一双，这里可买不着。但鞋子到这里穿它可顶合用。我也需要，只是不便带，就不带。

树藏款算来应已拨到。各书各物不必吝惜，丢的丢，不要紧。我那些宝盘子尽可能带来存老伯伯处好，带来也好，全寄存瑞菡处更好。这里不需要它，因为走动时磕磕撞撞不便。这里有四个。最可惜的是在家打破那个小的，旁边有小眼儿的，只剩下些碎片，非常可惜。我们若当真在北方住上十年，我的收藏倒真可成一格，能印出书来必成为一本很有价值的书。现在已不可能了。我拟在无事时写一本忆盘录，用顶新方法来写它，每个盘子成为一个故事。

但愿路上平安。

熟人统问好。

四弟

八月二日下午

你永远是一个自由人

三姐：

这信是托一个人带来的。我为给你写信，脑子全搅乱了，不知要如何写下去好。我很希望依然能够从从容容地同你谈点人事天气，我写来快乐点，你看来也舒服点，但是办不到，一写总像同你生气似的。我为你前一来信工作又搁了一礼拜。心里很乱，头很乱，信写来写去老是换纸。写到后来总不知不觉要问到你究竟是什么意思，是打算来，打算不来？是要我，是不要我？因为到了应当上路时节还不上路，你不能不使人惑疑有点别的原因。你从前说的对我已“无所谓”，即或是一句“牢骚”，但事实上你对于上路的态度，却证明真有点无所谓。我所有来信说的话，在你看来都无所谓。

你的迁延游移，对我这里所有的影响是什么事也不能做，纵做也不会好。这样下去自然受不了。

所以我现在同你来商量，你想来，就上路，不愿意来，就说“不来”（不必说什么理由，我明白理由）。从你信上说准了不来，我心定了，不必老担着一份心，我就要他们把护照寄回缴销，了一件事，如此一来，你不会再接我这种无理催促的信，过日子或安静一点，我不会巴巴白盼望，脑子会好一点。

决定不来后，这半年还要多少钱，可来信告我一声，当为筹措拨来。我这里一切情形，你无兴味，我将不至于再来连篇累牍烦你了（你只说是为孩子，爱他，怕他们上路受苦所以不来，不以为是变相分离，这一切都由你）。我这里得到你决定不来信息后，心一定，将重新起始好好地过日子下去。再不作等待的梦，会从实际上另外找出点工作去做。

我们这里事务年底结束一部分，明年重新另做。你们来，我自然留下不动，若不来，或到那时我就换个地方。有好些地方我都可去，同小龙三叔一处，就是种很好的生活。虽危险点，意义也好点。

给我来信时说老实话，不要用什么不必要的理由，表示你“预备来，只是得等等”，如此等下去，这么等下去是毫无意义的，费钱、费事、费精神的。时移世变，人寿几何？共同过日子，若不能令你满意，感到麻烦和委屈，我为爱你，自然不应当迫促你来受麻烦受委屈。

只要你住下来心安理得，我为忏悔数年来共同生活种种对不起你处，应尽的责任必尽。为了种种不得已原因，我此后的信或者不能照往常那么多了，还望你明白这时是战争，话不好说，也无什么可说，加以原谅。你只好好照料孩子，不必以远人为念。我自己会保重，因为物质上接济，对孩子们责任，我不至于因你任何情形，我就不肯负责。凡是我对你们应尽的责任，永远不会推辞。

我心乱也只是很短期间的事，痛苦也不久长，过不多久就会为“职务”或“责任”上的各种工作，来代替转移了。我很愿意你和孩子幸福而快乐。很愿意你觉得所有的打算，的确使你少些麻烦，忘掉委屈。单独住下来比同我在一处，有意思些，安静些，合乎理想些。

我写到这里时心很静，不生气，不失望。我依然爱你和孩子，虽然你们对于我即或可有可无，我也不在意。这里天气热时，可以穿夹衣，今天天气又冷一点，我的厚驼绒袍又上身了。桌上有两个孩子的相片，很乖很可爱。我看了许多书，看书的结果，使我好像明白了些过去不明白的事情。看苏格拉底，那种做人的派头，很有意思。看……写这个信时，竟似乎把六七年写信的情绪完全恢复过来了。你还年轻，不大明白我，我也不需要你明白。你尽管照你打算去生活吧。

我很想用最公平的态度，最温和的态度，向你说，倘若你真认为我们的共同生活，很委屈了你，对你毫无好处，同在一处只麻烦，无趣味，你无妨住下不动。倘若你认为过去生活是一种错误，要改正，你有你的前途，同我在一处毁了你的前途，要重造生活，要离开我重新取得另外一份生活，只为的是恐社会不谅，社会将事实颠倒，不责备我却反而责备你，因此两难，那么，我们来想方设法，造成我一种过失（故意造成我一种过失），好让你得到一个理由取得你的自由，你的幸福。

总之，在共同生活上若不能给你以幸福，就用一别的方法换你所需要的幸福，凡事好办。我在小问题上也许好像是个难说话的人，在这些大处却从无损人利己企图，还知所以成人之美，还能忍受，还会做人。

我很希望你处置这类事，能用理智，不用情感。不必为我设想，我到底是一个男子，如果受点打击为的是不善待你而起，这打击是应当忍受的。我已经是个从世界上各种生活里生活过来的人，过去的生活上的变动太大，使我精神在某方面总好像有点未老先衰的神气，在某方面又不大合乎常态，在某方面总不会使近在身边的人感到满意，都是很自然的，不足为奇的。我也可以说已经老了。你呢，几年来同我在一处过日子，虽事事委屈你受挫折麻烦，一言难尽。孩子更牵绊身边，拘束累赘消磨了少年飞扬之气不少。但终究还年轻得很，前途无限。在情感上我不绊着你，在行为上孩子不绊住你，你的生活还可以同许多女孩子一样，正可在社会上享受各种的殷勤，自由选择未来的生活。要变更生活，重造生活，只要你愿意，大致是非常便利的！不用为我设想，去做你所要做的事情罢。倘若我们生活在委屈你外一无所得，我决不用过去拘束你的未来行为。你即或同我在一处，你还有权利去选择你认为是好的生活。你永远是一个自由人。

我把住处已整理得很好了，窄而小，可是来个客坐下时很舒适。两个长篇已开始载出，一个八月十三起始，一个八月七号起始。我想想，我这个人在生活上恐怕得永远失败了，弄不出什么好成绩了，对家人、朋友，都不容易令人如何满意（即或我对此十分努力也是徒然），我的唯一成就，或者还是一些篇幅不大的小册子。我的理想、我的友谊、我的热情、我的智慧，也只能用在这一堆小册子上。即如这些作品，所谓最好的读者，也不会对之有多少认识，不过见着它在社会上存在，俨然特殊地存在，就发生一点兴味罢了。真正说来倒是孑然孤立存在到这个世界上，倏然而来悠然而去，对这个流俗趣味支配一切的世界是不会产生多大影响的。

想到这里，我毫无悲伤情绪。我正在学习古来所谓哲人，活在世界上，将精神加以培养，爱憎与世俗分离，独立阅世处世。学会认识自己，控制自己，为的是便于观察人生，了解人生。自己做到不忧、不乐、不惧、不私地步，看一切就清楚许多。目前还不免常有所蔽，学养不到家，因此易为物囿。在作品上能表现“明察”，还不能表现“伟大”，再经过一些试练——一些痛苦的教训，一种努力，会不同点。间或也不免为一些人事上的幻念所苦，似乎忍受不来，驾驭不住，可是一切慢慢地都会弄好的。譬如你即或要离我他去，我也会用理性管制自己，依然好好地做事做人，且继续我对孩子应负的责任。在任何情绪下我将学习“不责人”的生活观。不轻于责人，却严以律己，将自己生活情感合理化，如此活在这个社会中，对于个人虽很容易吃亏，对于人类说不定可望有一点不大不小的贡献。

不要以为我说的是气话，我无理由生你的气。我告你的是你应当明白的。至于你自己呢，你似乎还不大明白你自己，因此对我竟好像仅仅为迁就事实，所以支吾游移。对共同过日子似乎并无多大兴味，因此正当兵荒马乱年头，他人求在一处生活还不可得，你却在能够聚首机会中，轻轻地放过许多机会。

说老实话，你爱我，与其说爱我为人，还不如说爱我写信。总乐于离得远远的，宁让我着急、生气，不受用，可不大愿意同来过一点平静的生活。你认为平静是对你的疏忽，全不料到平静等于我的休息，可以准备精力做一点永久事业。你有时说不定真也会感到对我“无所谓”，以为许多远近生熟他人，对你的尊敬与爱重，都比我高过许多，而你假若同其中一个生活，全会比同我在一处更合宜，更容易发展所长。换言之，就是假若和这些人过日子，一定不至于有遇人不淑之感。可是你却无勇气去试验，去改造。这有感想难实现的种种，很显然只能更增加你对事实上的我日觉得平凡，而对于抽象中的他人觉得完美。我很盼望你有机会证实一下你的想象，不必为我设想，去试验另一种人生。

如果能得到幸福，那是你应当得到的幸福，如果结果失望，那你还不妨回头，去掉那点遇人不淑之感，我们还可把生活过得上好！你既不能如此，也不肯如彼，所以弄得成现在情形。你要怎么办（爱我或不爱我），我就不大明白，你自己也仿佛不十分明白（正因为如果自己很明白，就不至于对行止游移，且在游移中迁延时日了）。

若不相信，不妨试着去想想，分析一下自己，追究一下自己，看看这种游移是不是恰恰表现你主意不定的情状（表示你不愿来，不能去，以如此分开权为得计的情状）。这么分开两地，原来只是不得已而如此，你却转以为好，有办法和机会带孩子来，尚不自觉见出你乐于分居的态度。我说的不自知，正即谓此。你还不大知道这么办对目前为得计，对长久如何失计。因为如此下去，在你感觉中对我的遇人不淑之感，即或因“眼不见心不烦”可以减少一些，对人的证实幻想机会却极多，又永不去完全证实一下，情形就很容易成为对我的好意的忽略，对自己无决断无判断力的继续，你想想，这于你有什么好处？对于孩子有什么好处？你对南行的态度就恰恰看出你对生活的态度。你若自己知道的多一点时，行或止都会有更确定的主张，拿得出这种主张。

在来信上我老爱问你：“究竟意思是怎么样？”因为你处处见出模糊。我还要说“一切由你”，免得你觉得我对你有所拘束，行动不能自由，无从自主。我很需要你在一切自由的情形下说明你的意思。要甘苦与共地同过患难日子？要生活重造不再受我的委屈？要不即不离地维持当前的状态？不妨在来信中说个明白。

我可以告你的是：我决不利用我的地位，我的别的拘束你、限制你、缠缚你。你过去、当前、未来永远是个自由人。你倘若有什么理想，我乐于受点损害完成你的理想。你要飞，尽可飞。你如果一面要迁就事实，一面又要违反事实，只想两人生活照常分得远远的，用读读来信打发日子，我只怕在短期中会让你失望，这种信写得来也寄不来，因为这个时代是“战争时代”！

看看这一天又过去了，什么事也不能做，写了那么多“老话”。斜阳在窗间划出一条长线，想起自己的命运，转觉好笑。我自己原来处处还是一个“乡下人”，所有意见与计算，说来都充满呆气，行不通的。家庭生活不能令你发生兴趣，如此时代，还认为在一处只有麻烦，离得远远的反而受用，你自然是有理由的。我的生活表面上好像已经很安定了，精神上总是老江湖飘飘荡荡。情绪上充满了悲剧性，都是我自己编排成的，他人无需负责也不必给予同情的。我觉得好笑，为什么当时不做警察，倒使我现在还愿意做一名警察。

四弟兆顿首

八月十九

辑五

倘若你的眼睛这样冷，有个人的心会结成冰

我要你不生气

二哥：

得萧三哥转来你八月五日的信，知道文件已办好寄香港，你一定日日盼望我们来，在车站接我们，一定有许多信寄过香港了。可是我们还安然不动，要在下月底动身，为时尚有一月，我知道你得到这消息一定很生气，责怪我不要紧，希望你自己莫生气，我要你不生气。

写信托小陆买船票那天（十九日），正是我们指定要坐的“德生”轮离开天津的日子，就是邓先生不叫我们等他，这趟“德生”也是赶不及的。我们一定要坐这个船，听八姐说只有这只船完备而有房舱。我们坐房舱，让孩子可以有个较舒服的房舱。邓先生又说七八月间正是海上风浪大的时候，秋凉时当较好，我们不一定要叶先生带我们走，可是邓先生却希望我们等他。邓先生身体又坏，又小心，是个老人家，同他一块走也好，本来我们已注射了霍乱针，现在又注射了伤寒针。听说叶先生已到天津，现在当已到平。我们不想同他一块，他的太太又说要走，不知道究竟怎样。张子高九月底也走，可是他有个多病的太太，我们也不想麻烦人家。倒是瑞菡的大姐，也许能同我们打伴走，她已经有信去问姐夫，姐夫在蒙自，若他赞成他们南来，她会把相片寄给你，请你为他们办一办护照，她自己的大女孩不带，丢在外婆家，只带一个同小虎同岁的小男孩和前头太太的三个男女孩子，若他们请你办照，详细情形会有信给你。照办好也请寄香港。邓先生照托杨先生办，也望早寄。

我很想从从容容写封信给你，无奈总没有那种悠闲。昨天我到前门邮局寄了两个包裹，里面装的是书，每个五公斤。一个是《太平广记》一部（也许你又要说我不该寄这种书），一个是西文书同《湘行散记》《边城》各一册。寄过书我到协和教授住宅去看八姐，她泻肚子，我在她住处玩了三小时，算是我的休息，一到家，任何人都不容我有五分钟的休息的。昨晚替杨先生整理日记（被我弄湿了），抹平后重新换一个封面，小虎睡眠中尿了一泡尿，后来我去看看，因为睡得好，我不曾惊动他，只拿一块尿片把湿裤子衬着，夜里天热，又未盖被，不想今天就发烧，真是命运！前一封信我还正说他太胖我快抱不动了，糟糕得很。

很对不起你，我不能赶来帮你抄文章。

八月廿五

你却是奇迹中的奇迹

三姐：

回来好累，睡了大半天才回复。事情都照吩咐办好，只是把小钥匙也带回来了，一面龙龙又想来看看学校，所以派他回城送钥匙。更重要的还是将以瑞信送上，看看你就知道，这一月恐怕是重头戏！是不是我进城看卷子时，就听他来和孩子们住，反而经济省事？这待你斟酌，或许那么也好。他信是今天晚上才得到的，信上说一号来，你还得事先过中老胡同安排一番！如果他一来金隄不肯再住，还得将住下一切事传授以瑞。尤其是有关门禁事，得记住。

今天上午孟实在我们这里吃饭……晚上他们都在魏晋处吃包子……我不能说厌，可是却有点"倦"，你懂得这个"倦"是什么。不知为什么总不满意，似乎是一个象征！我想，如果你还要在城中住半月，我又要看卷子半月，如果这么着，似乎还以提前返回城中（听龙龙住清华瑞芝或王忠处），省事、省费、省精神。不然住下来有轻松也有担负，尤以情绪上负重不受用，而这负重又只有我们自己明白。我近来竟感觉到，霁清轩是个“风雅”地方，我们生活都实际了点，我想，不得已就“收兵回营”也好！若你不用在城住得太久，我又只看卷子一礼拜或三五天，可能只看五天，那我们一同在乡下，气概似乎也就壮了一点。这事已到了应商讨一下的地步。如想回，即作为经济上有困难借口要回，也无关系。今天晚上大家上山“魏晋”一番时，我本来已拟去，忽然烦心起来，竟抽回了。回了就和虎虎写信，预备龙龙带给你。可要希望不把倦和烦心也带给你，因为这也只是说玩的意思，一会儿即过去。我和你有些天生相同弱点，性格无用，脾气最怕使人不快，自己却至多只一小会会不受用。这信到时，应当想到我腹中已不泻，今天很好，早早即起身与孟实上青龙桥买菜，而写这个信时，完全是像写情书那样高兴中充满了慈爱而琐琐碎碎地来写的。你可不明白，我一定要单独时，才会把你的一切加以消化，成为一种信仰、一种人格、一种力量！至于在一处，你的命令可把我头脑弄昏了，近来命令稍多，真的圣母可是沉默的。虽然我知道是一种爱，但在需要上量似乎稍多了一点，结果反而把头脑变钝了许多（教育学上早提到这一点）。至于写信呢，你向例却太简单。如果当面说的话能按数量改作信，在一处时，却把写信方法用作生活法则，你过不多久，一定会觉得更多幸福。也能给一家人分享。

我回到中老胡同，半夜睡不着，想起许多事情：第一是你太使我感动，一切都如此，我这一生怎么来谢谢你呢？第二是我们的工作要重新安排一番，别的金钱名位我不会经营，可是两人的生命精力要在工作上有计划地处理处理了。我不仅要恢复在青岛时的工作能力和兴趣，且必须为你而如此做、加倍做了。更重要的是，你的生命保留了更多的优厚秉赋，比谁都多，都近于搁置不用，如一个未开发的矿一般，再不能继续荒弃下去，要真正来计划一下如何使用了。第三是孩子，龙龙的教育方法和虎虎的体力，需要注意运用较新的观点。对龙龙要凡事从鼓励引兴趣，虎虎要从医生问计。今天龙龙得小平信，说因心脏病得休养，还可能得停一年学。小平从表面看精力极好，还有问题。虎虎的骨骼在发育上怕得多加一分注意。大胖几回忽烧而下瘦，一面是病后疏忽，一面那个烧有问题，可能比疟，比蛔虫，比失调还稍微重一点。眼下总不离贫血现象，而出汗又多，这事要在开学前去儿童医院看看。最好是努力使他恢复“小胖子”名号。胖而聪明比“瘦机伶”容易照料。关于龙龙，我认为不妨事，功课赶得上，他因为体力活动发展而像是不大读书，不妨事。英文作文可能是我们教的方式有问题。他性格头脑有些成熟处，从感化入手易见功。至于你这个最大的顽童呢？更容易有办法，我下回劝你看三本书，即可完全见功。罚他有个穿黄褂褂的夫人，事情既办不到，沉默的忍受和唠叨的“洗脸”“刮脸”又都不见效，就换一个方式来看看。这方式最好要有效，不当他是顽童，即当他是一个很可爱的朋友。信托，不太繁琐，一点儿谦退的客气，却不是媚疼，一种以道相勖的商酌，一点鼓励，却不做批评家。秘诀到此为止，再传授下去，我的手脚会有三百处被蚊子叮住了。我还是搁下了这个情书的抒情，来叙叙事吧。

韩先生说一号发薪一部分（似乎有五六千）。你斟酌看，把应买的买买。照我想物价还要上去，比银价快。糖油可以办一些，煤也要些。此外笔我还要买些，孩子也要，这里的很好。也许什么都不宜买，因为要用钱多。要带点款来。菜钱只够一天用了。幸好这些日子鱼不来，鱼钱还可调动。

如果可能，我要好好配一副眼镜，让它像一副和“沈从文”相称的眼镜！不过数目一定可观，这也许要等等看。有特别减价皮鞋得准备一双。

得余处已去信，你也去个信问问三嫂[①]。

离你一远，你似乎就更近在我身边来了。因为慢慢地靠近来的，是一种混同在印象记忆里品格上的粹美，倒不是别的。这才真是生命中最高的欢悦！简直是神性。却混合到一切人的行动与记忆上，我想什么人传说的“圣母”，一点都不差。但

① 三嫂，此处指作者的弟媳。下文的三嫂，指收信人的弟媳。

是一个“黄衫客”（我们就把那一位叫作黄衫客好了），即或是真正圣母，也不会有什么神性，倒真是一片“人性”！让我们把“圣母”的青春活力好好保护下去，在困难来时用幽默，在小小失望时用笑脸，在被他人所“倦”时用我们自己所习惯的解除方式，而更加上个一点信心，对于工作前途的信心，来好好过一阵日子罢。我从镜子中看去，头发越来越白得多了，可是从心情上看，只要想着你十五年来的一切好处，我的心可就越来越年轻了。且不止一颗心如此，精神体力也都如此。

我想这个信有大半段空白，让你从这个补足我写不完的唠叨。

我正想起从中央饭店离开，坐了个洋车到了车站后，坐在那小箱子上为你写信的情形，以及把时间再倒回去，你在学校楼梯口边拿了个牙刷的神气。小妈妈，生命本身就是一种奇迹，而你却是奇迹中的奇迹。我满意生命中拥有那么多温柔动人的画像！更感动的是在云南乡下八年，你充满勇气和精力来接受生活的情形，世界上哪还有更动人的电影或小说，如此一场一景都是光彩鲜丽，而背景又何其朴素！小妈妈，我近来更幸福的是从你脸上看到了真正开心的笑，对我完全理解的一致。这是一种新的起始，让我们把生命好好追究一下，来重新安排，一定要把这爱和人格扩大到工作上去，我要写一个《主妇》来纪念这种更新的起始!

你试想想多有趣。捎这种信，按小说上习惯说来，必是什么“绿衣人”，我们的却是一条“紫豇豆”。你看看小龙，可不真是一条紫豇豆！不必揪他的耳朵，让他多吃一个大馒头吧。他们的消化力在家庭中真已成“问题”，我赞成回城以后恢复窝窝头制。隔天半顿，可能把“天才女”胃病也医好!

不必为我的“倦”担心。我总能用幽默自解的！如可以和龙龙去西单办办家务，买点牛肉来也好，经得起上桌子。我想试试看，在这种分别中来年轻年轻，每天为你写个信……你好好陪三嫂住下，要她安心入医院，这时大家都说坐不得飞机，莫这时还冒险坐飞机。你也不要为霁清轩的一切事操心，能那么办，就可以每天得到那么一个信。

我说是这信得有半页空白，不想半行也不剩下！凡魏晋都已入黑甜乡，大致已夜深了。

从文

七月卅[1]霁清轩

---

① 根据前后信内容，此信实写于七月二十九日夜。

一切又真像做梦

三姐：

今早龙龙来，想必八点前后即可到城。杨先生来时，因为忘记把虎虎信附入信中，所以托老胥又带上。我早上即和孟实去青龙桥走走，看看乡村早市。带了点菜返回。鸡蛋一枚已到八万，半月中加四倍。

好些日子都无鱼吃，今天凑巧来了十一斤，如一小猪大，是公的。作价百九十万。冯杨二家既不在，我们就独享了它。大家动手处理，计“天才女”割洗烹鱼头，“北大文学院长”伐髓洗肠（到后由天才女炒鱼肺，鱼油多而苦，放弃），我批鳞处理整段，切分成六大件。这个报告若在历史上倒还动人！午后小虎虎一个人用大砖大石砌了个地灶，拾了松球松枝数袋，我举火熏鱼，两人一面谈笑一面动手，计用二小时熏成鱼约六斤。这回手续已弄对。香料不是不能单吃，如果味道还好，将来即可照办。因活动分子服务极敏捷，一会会即把松枝找来备用也。熏鱼还待烹调，未上桌子。饭后他们上山“魏晋”。我和虎虎坐在水边谈天说地，俨然恢复桃源小院子生活。这种谈天比上课好，因为从银河谈到地质。有一件新事可告，我已失去上山“魏晋”能力，脚被湿气弄肿了，恐得有一二天不便行动。已托人带灰锰氧，你也可为便中买点捎来。腹泻倒已止住，惟胃口未回复，不大想吃东西。这实小事，不足念。也不“倦”了，我早说过，只是一时一会儿事，不多久即过去的。我这时只为你有点儿发愁，以瑞这一月住下，我们暑假便算是完了。不得已时，也许还是我一人住城中“省”。精力经济都省。因为我会照料自己，而你和孩子们还可玩玩。

这时已近十点，我和虎虎坐在桌上大红烛下，他一面看《湘行散记》一面喝柠檬水，间或哈哈一笑，为的是“水獭皮帽子”好笑！哪想到家里也还有那么一个小读者！傅先生明天进城，所以托他捎这个信。有关于家中要什么带什么，如果不能由龙龙办时，望交他办办。这里侉奶奶说要带一块碱，还要半袋面，一包盐，你斟酌看，面可由这里买，或省事些！米还多，不用带。盐、碱都不妨在这里买，免繁琐。这里贵不多的。

院子中除了少几个人，其实凡事照常，可是不知为什么，空气竟像是不大一样！我一面和虎虎讨论《湘行散记》中人物故事，一面在烛光摇摇下写这个信，耳朵边听着水声秋蛩声，水面间或有鱼泼剌，小虎虎即唉哟一喊，好像是在他心上跳跃。

又问《史记》是谁作的，且把从报纸上看到的罗马史故事复述。因为日长无事，读了许多报上问题。一切如此真实，一切又真像做梦！人生真是奇异。我接触的一份尤其离奇。下面是我们的对话，相当精彩：

小虎虎说："爸爸，人家说你是什么中国的托尔斯泰。世界上读书人十个中就有一个知道托尔斯泰，你的名字可不知道，我想你不及他。"

我说："是的。我不如这个人。我因为结了婚，有个好太太，接着你们又来了，接着战争也来了，这十多年我都为生活不曾写什么东西。成绩不大好。比不上。"

"那要赶赶才行。"

"是的，一定要努力。我正商量姆妈，要好好地来写些。写个一二十本。"

"怎么，一写就那么多？"（或者是因为礼貌关系，不像在你面前时说我吹牛。）

"肯写就那么多也不难。不过要写得好，难。像安徒生，不容易。"

"我看他的看了七八遍，人都熟了。还是他好。《爱的教育》也好。”

一分钟后，于是，小小呼鼾从帐中传出。一定睡得怪甜的。因为白天活动了一整天。先是上午玩自己钓来的鱼，换水，在水中还加了些石卵，水藻，十分美观的。随即参加破鱼工作，拿家伙，研究内部组织。下午一个人做灶，拾松果枝子，参加熏鱼，并从旁享受创造的快乐。饭后谈天，就听我说小时竹林树林溪边种种，以及熏狗獾、猎野鸡、捉鹌鹑诸事，不胜神驰之至！夜来拉了一泡大屎，回到炕上时说了许多笑话，听我说到“为妈妈写的信就成《湘行散记》底本”时，就插口说：“想不到我画的也成书封面！”我说：“这书里有些文章很年轻，到你成大人时，它还像很年轻！”他就说：“那当然的，当然的。”小妈妈，你想想小顽童和我交换意见时的神气，除了你熟悉他会相信，别的人一定都不会相信的！他单独和我在一处时，似乎独立得多，老成得多，既无机会可“嗲”，也不再说“爸爸可笑”。好像还宜于作我的群众。但一到和你和龙同在一处，就大大不同了。和龙龙的阋墙战是手口并用，永不疲倦的（照我想可能是从学校习惯养成的，也是生理年龄上不可免的），在你身边呢，常常是把三四岁的情感与“老油子”精神混成一片。我觉得如果间或有一阵子让他们如此分开三五天，一年中有那么几次，对他们都极好，可以纠正疏理他们情绪生活，也能补助人格教育甚多。我还想试试让龙龙去清华小住一阵，将来且可至农学院挹和处去，从教育观点上看，有好处。一切不同对于孩子都有意义，刺激耳目，并学习适应，对他们且不是目前有好处，将来还有作用！凡魏晋又都已酣眠了，只蚊子和我十分精神。脚掌不大受用，我还是得休息了。

二哥　从文

三十晚八时

你一定也会终生不忘记

我还是在烛光下来报告一下未尽事情，先叙事，后抒情。

脚已好，是照昨天不知谁说的擦白药好，试用点点，果然一夜即好。走路已轻松松不费事。不过如此一来，买菜事大致就派定我了。庄子文章中有才与不才之喻，正与眼前事合，若走不动，大致到午时还是可吃饭，不会无菜的。

晚上做了个梦，一家人在什么一个小店半途中候车，每家大门都关得严严的，且不见一个人。到后许久才找到旅馆、车站……比真实还烦心，就醒了。落了小雨，知了也刚醒，黄鹂还待醒，还像在做梦。记起二十三年末在湘水中游扁舟一叶，大清早在烛光下为你写信的情形，如果有机会两人同坐那么一回小船，你一定也会终生不忘记，且保留下无数动人豁目的印象，尤其是背景，有色有声的背景，那才真是画，是诗，是梦！我得重写一本书。

花裤人上午进城，恐怕因落雨而延缓。果然落了雨，声音逐渐加大，如打在船篷上。小妈妈，我真像是还只和你新婚不到三个月！城里可落下雨？我担心小龙是早早出城，会成小落水鸡。从城中带回的胡萝卜红大头都十分得用。糟豆腐更得用。佛手头还不曾吃。

雨声环境虽如画如诗，我应当记数的，还是今天得办煤油半斤、菜油一斤、酱油半斤或一斤……家里的“小京油”可不得用作替代。从这里我悟出一点真理，做魏晋人物得要个“经济”条件，以及比经济更重要的“不关心”条件。我不在竹林君子数内，极有理由。且必然完全放弃这个。还是让我们从梁鸿孟光做起，比较合理。雨越落越大，这个信得结束，不然也会同样延长下去。

从文

三十一早

我希望你来

三姐：

另一信是托“花裤人”带城的，忽然大雨，至午犹未止，进城时已过，就打消了。我们因此吃了一顿好鱼羹！

傍晚龙龙来，知一切，最好是三弟已返。我看你还是赶来一下，因为可享受二三天安静的时光。我要到三四号才入城，至多看一星期卷子再回郊外。你因看照三嫂，月中有的是陆续上城的机会，在此和我们同住，或同去看龙虎入水表演却机会的不多。既花那么大笔钱下乡，能来还是早来，我希望你今天下午四点钟即来，我们到时在车站上迎接。能带些你以为要带的东西固然好，不能带便不用带，一切东西在此还可买！昨说要带面粉半袋，方便即带好，不方便即在此购买！

我脚还不完全好，已得灰锰氧，不要带了。我们都等待你来过三五天家庭的生活！我真是有一点远忧，闻客人又可能是肺上毛病。孩子太小了。我知道你有困难处。今天下来吧。我以为不问我进城如何过日子，你还是和孩子同住好（我可到孟实家吃饭的）。在此有些事你来比我住还好。我要做事，一做事，不拘什么地方都可住下，在这园子里反而等于白可惜山色湖光了。因为事一做得起劲，哪能从容上山于一木一石间、一云一水间，魏晋下去！

我大致要发下财了，因为听人说梦踹屎的得黄金，做梦还可以如此，若当真脚下有此，岂不是加倍恭喜？昨天上山陪他们魏晋时，走路不便，于是果然一脚。若不洗去，可能有财喜，不幸回来即已洗去，这一来，财喜也掉了。

今天来好。

从

一日早

学一学永远不老的青春气息

二哥：

你可知道你走以后家里来了些什么人？上午清华有一位胡先生，带来〔梁〕思成和〔程〕应铨给你的信，下午来了王逊，谈起南开解放以后的一片太平气象，甚为兴奋，已不复是上回那份疑虑神色了。他还替南开转来之琳划我们的十五块美元，当时我没有留下，我想既然之琳快回来了，他一定需要钱用，可是我觉得对南开方面面子有点难堪，不知道这么办是不是合理，王逊说，他们不懂道理也该让他们难堪一次。

午饭后不多久捃和便来了，一坐下便唉声叹气，愁眉苦脸，怨天尤人，几次提到刘 ××，想邀来吃年饭，我没有搭茬儿，你想我哪有心情招待外人！后来中和来了，说起你一路情形，说起见到思成一家人，你们一同吃饭的情形，我想到你在那样的朋友环境中精神兴致都会比较好，我也高兴了。这一阵我为你情绪不安宁心情也异常紧张，你能兴致勃勃地回来，则对我也正是一种解放。接着小老爷也到了，他一个人耐不住寂寞，赶来城中过年，最后来的你道是谁？原来是以瑞，于是十八号暂时喧宾夺主成了张氏天下了。以瑞还带来一个可喜的消息，以瑛已到天津，在天津战事尚未完全结束以前即到天津，现在《天津日报》（即前《民国日报》）资料室工作，忙得很，苦得很，但精神好，人也胖了，以瑞说她一礼拜以后要来北平看我们。你缺少什么托便人带信来，多休息，多同老金〔岳霖〕思成夫妇谈话，多同从诫姐弟玩，学一学徐志摩永远不老的青春气息，太消沉了，不是求生之道，文章固不必写，信也是少写为是。

三

除夕

只是为了你

小妈妈：

我用什么来感谢你？我很累，实在想休息了，只是为了你，在挣扎下去。我能挣扎到多久，自己也难知道！我需要一切重新学习，可等待机会。

从

一月

人总得休息

二哥：

清华园住下还不坏吧？毓棠、梦家、广田想必都已见到，多听人家谈谈也好，免得流于空想。

我头脑已完全不用了，有什么空想。

今天盛澄华先生来看你，知道你已在清华，问我可有什么东西给你带去，我一时却来不及，虽然很想带点黄油来。傍晚瑞芝来，信同黄油都托他带了。朋友们都关切你的健康，为了不使人失望，你应该多照料一点你自己。

关切我好意有什么用，我使人失望本来已太多了。

我照料我自己，“我”在什么地方？寻觅，也无处可

以找到。

你值得为朋友，为更多的人活得更健康一些！这种身心两方面健康的恢复，别人无能为力，只有你自己的意志力才能恢复它。这应该不太难，你试试看吧。

我“意志”是什么？我写的全是要不得的，这是

人家说的。我写了些什么我也就不知道。

徽因这一阵身体还好罢？你们过年想必很热闹，这里昨天照例人来人往拜一天年，今天平安了。昨天小老爷带的信可曾收到？有什么事你写下来，等有便人便带给我，临时写信怕来不及。家里一切如常，有中弟以瑞陪伴我，你可以放心。

天气好，清华园住下来想极舒适。城里略觉沉闷，孩子们都不让出门。

给我不太痛苦的休息，不用醒，就好了，我说的全无人明白。没有一个朋友肯明白敢明白我并不疯。大家都支吾开去，都怕参与。这算什么，人总得休息，自己收拾自己有什么不妥？学哲学的王逊也不理解，才真是把我当了疯子。我看许多人都在参与谋害，有热闹看。

你应该理一次发，洗一个澡，问问瑞芝看。

这有什么用？

有信也可交瑞芝托便人带城，我极希望能知道你这三天来的心情和对事事物物的看法。希望你能有一个乐观的看法。

三

小妈妈，我有什么悲观？做完了事，能休息，自己就休息了，很自然！若勉强附和，奴颜苟安，这么乐观有什么用？让人乐观去，我也不悲观。

《蜘蛛蜘蛛网》是 × × 的文章。

这也参加一个团体来讽刺，来骂，来诬毁，这就是你们的大工作。

棉毛内衣一件是你的，中和弟二三日内回校，你换了衣服托他带城来洗。

衣洗不洗有什么关系？再清洁一点，对我就相宜了？我应当离婚了。免得累她和孩子。

小妈妈，你不用来信，我可有可无，凡事都这样，因为明白生命不过如此。一切和我都已游离。这里大家招待我，如活祭，各按情分领受，真应了佛家所谓因果缘法。其实真有人肯帮助我是给我足量的一点儿。我很需要休息。这对大家都不是坏事。一个柔和结尾，有什么坏。

金隄、曾祺、王逊都完全如女性，不能商量大事，要他们设法也不肯。一点不明白我是分分明明检讨一切的结论。我没有前提，只是希望有个不太难堪的结尾。没有人肯明白，都支吾开去。完全在孤立中。孤立而绝望，我本不具生存的幻望。我应当那么休息了！

我十分累，十分累。闻狗吠声不已。你还叫什么？吃了我会沉默吧。我无所谓施舍了一身，饲的是狗或虎，原本一样的。社会在发展进步中，一年半载后这些声音会结束了吗？

沈从文批语·复张兆和

一月卅日

多么希望你忽然心胸开朗

二哥：

王逊来，带来你的信和梁氏贤伉俪的信，我读了信，心里软弱得很。难得人间还有这样的友情，我一直很强健，觉得无论如何要坚强地扶持你度过这个困难（过年时不惜勉强打起笑容去到处拜年），我想我什么困难、什么耻辱都能够忍受。可是人家对我们好，无所取偿地对我们好，感动得我心里好难过！后来王逊提起另一个人，你一向认为是朋友而不把你当朋友的，想到这正是叫你心伤的地方，说到你人太老实，我忍不住就淌下眼泪来了。我第一次在客人面前落了泪，过后想想很难为情。王逊走后我哭了一阵，但心里很舒畅。

听说徽因自己也犯气喘，很希望你能够振作起精神，别把自己的忧虑再去增加朋友的忧虑，你的身体同神经能在她们家里恢复健康，欢喜的当不止她一人。想想有许多朋友为你的病担一份心，多么希望你忽然心胸开朗，如同经过一个梦魇，修正自己，调整自己，又复愉快地来好好使用你这副好头脑子的！

真正有许多朋友，担心你会萎悴在自己幻想的困境中。如像老金、奚若先生、老杨、王逊，小朋友如金隄、曾祺、李瑛，怎么才叫大家如释重负啊，你信上给我说的话，你要兑现的。

小老爷坐了学校卡车来，吃一餐饭就要原车回校，我信也来不及写，东西先交他带去，明天中弟回校，再由他带这个信和安眠药。城内已安定勿念。

兆

二月一日

多散散步好。要中弟陪你理一次发洗一个澡吧，换了衣服交中弟带来。

将爱给予下一代

小妈妈：

已苦了你十五年，现在还要来渡这个大关，我心中实在不安。这是我个人的事，与你无关！我们吃的亏是活该的，不是别人派的。我们既活在一个大城市里，就不免有这么一天，这么一次，以及明天更大的灾难。这就是“人生”！这也是“道”！一切齐齐全全，接受为必然。我在重造自己。

莫再提不把我们当朋友的人，我们应当明白城市中人的规矩，这有规矩的，由于不懂，才如此的。闻今天 ×× 还来看你，我想得到你无话可说的情形。这个人走后，想起来看你恰恰是侦察你，可能又哭了。

“我们要在最困难中去过日子，也不求人帮助。即做点小买卖也无妨。”你说得是，可以活下去，为了你们，我终得挣扎！但是外面风雨必来，我们实无遮蔽。我能挣扎到什么时候，神经不崩毁，只有天知道！我能和命运挣扎？

小妈妈，你的爱，你的对我一切善意，都无从挽救我不受损害。这是夙命。我终得牺牲。我不向南行，留下在这里，本来即是为孩子在新环境中受教育，自己决心作牺牲的！应当放弃对于一只沉舟的希望，将爱给予下一代。

从

二日

辑六

极希望用我的痛苦，换给你一点幸福快乐

我一定要使你愉快

三姐：

你和巴金昨天说的话，在这时（半夜里）从一片音乐声中重新浸到我生命里，它起了作用。你说："你若能参军，我这里和孩子在一起，再困难也会支持下去。"我温习到十六年来我们的过去，以及这半年中的自毁，与由疯狂失常得来的一切，忽然像醒了的人一样，也正是我一再向你预许的一样，在把一只大而且旧的船作掉头努力，扭过来了。音乐帮助了我。说这个，也只有你明白而且相信的！

我似乎明白了一点，也从那一切学习了更深的人生，要有个新的决定，待和你来商量了。我要照你所希望的去为"人"做点事情。眼下说来也许还近于一时兴奋，但大体上已看出是正常的理性回复。正如久在高热狂乱中的病人，要求过分地工作和拒绝一切的善意提议，都是因为还在病中，才如此。这时节却忽然心中十分柔和，十分柔和，看什么都极柔和。这里正有你一切过去印象的回复。三姐，我想我在逐渐变了。你可不用担心，我已通过了一种大困难，变得真正柔和得很、善良得很。

我看了看我写的《湘西》，上面批评到家乡人弱点，都恰恰如批评自己。想起昨天巴金、萧乾说的，我过去在他们痛苦时，劝他们的话语，怎么自己倒不会享用？许多朋友都得到过我的鼓励，怎么自己反而不能自励？我似乎第一次重新发现了自己。写了个分行小感想，纪念这个生命回复的种种。我已觉得走了好一段路，得停停了。我常告你的话，你不相信，这么一来，你会明白我说的意义了。一只直航而前的船，太旧了，掉头是相当吃力的！

有个十分离奇的情形，即一切书本上的真理，和一切充满明知和善意的语言，总不容易直接浸入我头脑中。压迫和冷漠，也不能完全征服我。我曾十分严格地自我检讨分析，有进有退，终难把自己忘掉，尤其是不能把自己的意见或成见忘掉。可是真正的弱点一旦和好音乐对面，我即得完全投降认输。它是唯一用过程来说教，而不以是非说教的改造人的工程师。一到音乐中，我就十分善良，完全和孩子们一样，整个变了。我似乎是从无数回无数种音乐中支持了自己，改造了自己，而又在当前从一个长长的乐曲中新生了的。

我一定要使你愉快，如果是可能的，我要请求南下或向东北走走。

人不易知人，我从半年中身受即可见出。但我却从这个现实教育中，知道了更多“人”。大家说向“人民靠拢”，从表面看，我似乎是个唯一游离分子，事实上倒像是唯一在从人很深刻的取得教育，也即从“不同”点上深深理解了人的不同和相似。你若不信，大致到我笔能回复时，即可一一写出来。我实在应当迎接现实，从群的向前中而上前。因为认识他们，也即可在另一时保留下一些在发展中的人和社会，一一重现到文字中，保留到文字中。这工作必然比清理工艺史还对我更相宜，因为是眼下活人所需，也是明天活人要知道的。就通泛的看法说，或反而以为是自己已站立不住，方如此靠拢人群。我站得住，我曾清算了我自己，孤立下去，直至于僵仆，也还站得住。可是我已明白当前不是自己要做英雄或糊涂汉的时代。我乐意学一学群，明白群在如何变，如何改造自己，也如何改造社会，再来就个人理解到的叙述出来。我在学做人，从在生长中的社会人群学习，要跑出午门灰扑扑的仓库，向人多处走了。我已起始在动，一种完全自发的动。这第一步路自然还是并不容易迈步的，因为我心实在受了伤，你不明白，致我于此的社会因子也不会明白。我的动，是在成全一些人，成全一种久在误解中存在和发展的情绪，而加以解除的努力。

我要从动中将一切关系重造。人并不容易知人。十余年来我即和你提到音乐对我施行的教育极离奇，你明白，你理解。明白和理解的还只是一小部分，可不知更深意义，即提示我的单纯，统一我复杂矛盾而归于单纯，谧静而回复本性。忘我而又得回一个更近于本来的我。或许它作成的，还是一种疯狂，提高自大和自卑作成暂时的综合或调和，得到的一种状态。但是，它有用处，因为它是比自我检讨与分析所永远得不到的总结，而音乐却为我清理出了个头绪。

三三，你理解到这一点时，我们就一同新生了。

我需要有这种理解。它是支持我向上的梯子、椅子，以及一切力量的源泉。

二哥从文

三十八年九月廿午夜

保重

三姐：

孩子们上学了，灯还亮着。我在小房间桌子边来写个信给你，不免稍微有点儿感伤。我们今天下五时集中，七时上车。闻约有一礼拜方可到重庆。像是三十年前第一次出门，和十四年前离京上云南一样，心相当衰弱。到群里，会健康起来的，你放心。昨天二姊来坐了坐。常风、占元等来坐坐。我还为学校写了点锦绢说明。等等还得去博物馆看看。许多事还做不了，走得太急。这次之行，是我一生重要的一回转变，希望能好好地在领导下完成任务。并希望从这个历史大变革中学习靠拢人民，从工作上，得到一种新的勇气，来谨谨慎慎老老实实地为国家做几年事情，再学习，再用笔，写一两本新的时代新的人民作品，补一补二十年来关在书房中胡写之失。你放心，我一定要凡事好好做去。和龙龙虎虎也做了保证，要来为国家做几年事情，不至于使他们失望的。

你要稍微注意一下体力，莫拖倒，可以多为国家为人民做点事！

如过清华去，见到王逊，可以告他，午门办事处存有甲一副，琐子金锦——一个全份，相当好，约价五十万，值得留下。我来不及告他了，他如去常家，可以看看，要即带去，给西湖营同顺利号曲子猷一信，告说已要即成，款系本月或下月付，不妨事。只要说明即成。

望你好好保重，不要为我担心。我一定要从乡村生活中使健康回复过来的。刚得宰平先生电话，声音中如同二十多年前和我说话一样。我一定要为国家、为人民、为你们而健康起来，把事情好好做下去的！回来时，希望你和我一样，都健康得多！

二哥

十月二十五上午九时

越学越感到个人渺小而无知

三姐：

船今天已入峡，一切使人应接不暇，动人之至。孩子们实在都应当来看看的，真是一种爱国教育！这时约两点钟，过不多久即要到一个重要峡内。已过清冷峡、兵书宝剑峡、新滩、秭归、巴东。昭君村和屈原宅也过了，屈庙可和历史的应有情形不大相称，不过如一个普通龙王庙矗立于半山岨而已。江水到此已不宽，前后通是山，水在山中转，有些地方似乎不到廿丈。水急而深。船一面行进一面呼唤，声音相当惨急。两山多陡绝。特别好看的是山城山村、高高的吊脚楼，到处有橘柚挂枝，明黄照眼。小湾流停船无数，孩子们在船板上船棚上打闹。一切都如十分熟悉又崭新陌生。因看峡景大家即停止学习一天。水窄处还不如沅水，两山有些地方也不如沅水山之秀峭。特别是水流黄浊浊的，壮而犷悍，和沅水清绝透明不同。过神女峰，秀拔直上天际，阳光强烈，因之斑驳白赭相间，特别美观。下五点左右泊巫山县，小船卖橘柚的，多拢船边，用小兜网揽生意。

柚子一千两个，橘子一千四个，柿子一千四个，大而红。县城沿江岸高坎上，有许多吊脚楼沿岸联接，也有人抬货物上船，船多在河边，一排排的十分安定地在那里等待装载，和一个做母亲的神气一样。树木还绿阴阴的。气候恰和北京八月相近。川江这些地方，从河边看来都极美观。特别是小一些的村镇，屋前后橘柚垂实，明黄照眼，动人之至。山头都收拾得极干净整齐。上流一点有个山，山头圆圆的，上面有个相当大的庙宇，可能是什么楚王神女庙。下游一点一个尖山，相当高，上面也有个小庙，好看得很。

同行的大家都靠船边玩、看江景，也有在甲板上说笑话的、吃东西的、写信的。船上约定不许上岸，因此大家不上岸。其实能上岸看看，是有好处的，有教育意义的。照我理想说来，沿江各地，特别是一些小到二百或不过三十户的村镇，能各住一二月，对我能用笔时极有用，因为背景中的雄秀和人事对照，使人事在这个背景中进行，一定会完全成功的。写土改也得要有一个自然背景！可惜不易得到那么一个机会。四川人自己呢，又日日生活在此山中，却从不料想到、理解到这是了不得的好背景。不知道一切人事的发展，都得有个自然背景相衬，而自然景物也即是作品一部分！

过三天可以到重庆，闻将分发泸州附近，也是长江边，我希望可以到那么一个江边小村中去工作。但是也希望不要因为自然景物太好，即忘了工作的重要性。

在船上学习文件，越学越感个人渺小而无知。必须十分谨慎地从领导上学习处理工作，方可少犯错误。一面从工作的方式中，也看出国家必然在此谨严步骤中逐渐推进，得到异常迅速进步，三五年后社会将完全改观的。川江给人印象极生动处是可以和历史上种种结合起来，这里有杜甫、有屈原，有其他种种。特别使我感动的是那些保存太古风的山村，和在江面上下的帆船，三三五五纤夫在岩石间的走动，一切都是两千年前或一千年前的形式，生活方式变化之少是可以想象的。但是却存在于这个动的世界中。世界正在有计划地改变，而这一切却和水上鱼鸟山上树木，自然相契合如一个整体，存在于这个动的世界中，十分安静，两相对照，如何不使人感动。

江上在这时已起了薄雾，动人得很。可是船上学画的、作曲子的，似乎对这一切都视若无睹，都似乎无从和他待进行的工作有个联系，很奇怪。其实这个江城这个时节的全面，一和历史感兴联系，即是一支非常感人的曲子。我如会作曲，在心中泛滥的情感，即必然在不甚费事组织中，可以完成一支曲子。

这里也有另外一种曲子在进行，即甲板上的种种谈话，玩乐笑语，和江面小船上的人声嘈杂，江边货船上的装货呼唤，弄船人的桨橹咿呀声，船板撞磕声。另外还有黑苍苍的大鹰在江面捕鱼。一切都综合成为一个整体，融合于迫近薄暮的空气中。

我似乎十分单独却并不单独，因为这一切都在我生命中形成一种知识，一种启示，——另一时，将反映到文字中，成为一种历史。

这时节船尾有上煤小船挨过，船上水手杂乱歌呼，简直是一片音乐，雄与秀并，而与环境又如此调和，伟大之至，感人之至。

天渐入暮，山一一转成浅黛蓝，有些部分又如透明，有些部分却紫白相互映照，如有生命，离奇得很。更离奇处即活在这个环境中的人都如自然的一部分，毫不惊讶，毫不离奇，各自在本分上尽其性命之理。

船又来了，蓬蓬蓬蓬地由远而近。

二哥

一九五一年十一月一日下六时

如此一个好地方

三：

今天下午二时半到了内江县，是川南大地方，出糖和橘子，有文化，多知识分子。大地主可能也格外多。地方有文化，也有文物。为了文物，我可能要在土改后看些东东西西！水名沱江，大如沅水，清而急，两岸肥沃无可比拟，蔗园橘子园都一山一山连接。这几天橘子还未下，一片一片金星。土地之厚，除山东胶东所见，实在无可比拟。工作大致即在此县或邻县。一出来，心中即只有一件事，放下包袱，去掉感伤，要好好地来为国家拼命做事下去，来真正做一个毛泽东的小学生！因为国家实在太伟大了，人民在解放后表现的潜力，无一处不可以见出。共产党在为人民做事工作上，也实在是无所不至。许多地方减租反霸中已把封建武力和土豪特权打垮。许多地方人民都站起来做了主人。年轻人更加可爱。到路上，有些穷人听说我们从北京来，都说是“毛主席关心穷人，天下穷人是一家”。这句话不仅表示人民信赖，实在还是无可比拟的力量！我们活在北京圈子里的人，见闻实在太小了，对于爱国主义的爱字，如不到这里地方来看看，也是不会深深明白国家人民如何可爱的！三三，要努力工作，你定要努力拼命工作，更重要的还是要改造，你还要改造，把一切力量用出来，才对得起国家！要对工农干部更虚心地学习，对学生特别热心，国家实在要所有工作干部，都如此来进步！

从永昌隆昌过身，听做小买卖的老太太说，大户地主都看管起来不能动，孩子们在外讨吃，坏的都枪毙了。有田到三千亩的，穷人却十分正直、勤劳，而极端穷困。这一来，穷的都翻了身，不同了。一个快七十岁的老太太，到永昌时来卖咸蛋，一天赚二千。她是村长的妻子，家中十一口人。翻了身，分地主房子六间住。种棉八十斤称模范。和我说了两点钟，一面揩眼泪一面说，说毛主席关心他们，天下穷人是一家。我也试作宣传一番，我们说话彼此都懂，昨晚谈得她把生意也忘做了，今早又来谈，还一定要知道我名姓。我欢喜她得很，因为说到许多话都极动人，特别是身子小小的，瘦瘦的，和我外祖母神气一样。头上戴的绒帽是从地主家买来的，衣也是得来的。她还说："我把四个孩子盘大，两个做干部，做什么都成。过去送东西到地主家时，地主说'你臭，站远点！赶快走！'我就赶快走！这一来，毛主席关心我们穷人，我们不怕那些地主了，官司也不用打了。不久要分地，我让儿子媳妇种，我在家煮饭养猪。"可爱得很，因为说话神气同意见，都是我挺熟的。三三，只要我支持得下去，我一定会要为这些苦难人民再用几年笔的。我还不下乡，只一点滴已教育了我，再不能不改变自己，来为这个新时代拼命努力了。

我们住处名什么大厦，住二楼，两人一房间。很静。过三天，可能即得迁到一个贫农家去住的。我如到一个老太太家住，一定极容易合得来。我试了试用她们能理解的意思语言和她们谈话，还有办法。在中站又和几个年轻的铁路服务员谈天，其中还有些女的十六七岁的，还带得有《工农儿子》小说，谈得也蛮好。换句话说，我在群中很可以做个宣传员，或文化教员。我一定要努力做去，把工作做好。

体力支持得住，心情却有时回复不易支持。五天来天气都阴沉沉的，到了内江忽然晴朗起来，心情也开朗多了。但是我知道，一定要到村子里去工作，才算是工作的起始。只有从乡村工作锻炼中，自己也才能够在思想上真正提高。眼下说来，处处还是小资的自私自利思想，个人打算，而且是幻想多而不切实际，受不住考验的，我要从工作实际中改造自己。能将工作完成，所得必然多。因为可以眼见一个阶级的抬头翻身，和随之而来的社会的变化！

这地方出糖，所以蜜饯甜得少见。一来招待即是这种甜蜜饯。

这里正有几千解放军在建新房子，一所所极好看的房子在平地生长，动人之至。成渝铁路也是他们修的，已到内江，每天有工程车，也附带卖票，三四个月后，即可能全程通车。服务员多是年轻人，精神很好。汽车路大部分是和火车路平行的。这里是重庆和成都之间的一个大县，去自流井也极近，只四十里，我想如分到自流井工作也好，因为背景都是有文学性的。自然景物很美，特别是土地生产力之厚，实在感动人。如此一个好地方，四十年来却被官僚地主支持的军阀弄得乱糟糟的，这一来自然什么都不同了。汽车多用酒精，这里酒精是造糖副产物。所以沿路汽车也多得很。

我离开北京十五天了，看到的人事和景物都是一生未见也未能想象的。一定要离开北京，才能够明白我们国家，是在一个如何空前变化中！是一个如何伟大发展中！

这么学习下去，三个月结果，大致可以写一厚本五十个川行散记故事。有好几个已在印象中有了轮廓。特别是语言，我理解意思还理解语气中的情感。这对我实在极大方便。

我一定要来做个鼓动员，在乡村中是这样向人民学习，写出来也只是交还人民。

这里竹椅子都是宋代款式，低坐高后靠，如明清版画常见的，这里还一律保存。到处都有竹子，都用竹子，惟将来有可能还会把它的效果提高些，致用也更广大些。这是天生一种比任何材料还经济而轻便结实的东西！回来如方便，我可能想办法为石妈和革大那个老同志各带一张竹椅来。这几天总想起革大那个老同志，手似乎在解冻，有个半天空，也许就可以把他用三千字画出来了。我许过了愿心，要为他写个短篇的。一写保还生动，因我看了他十个月，且每天都和他在一块蹲蹲或站站的。他的速写相在大厨房和斯大林画同列在墙上，合适得很。素朴的伟大，性格很动人的。但是也正是中国农民最常见的！

孩子们和石妈好。大家好。

从文

十一月八日下五时

一切都那么善良

三姐：

寄的信应当可以收到，但是总得廿来天日子了。昨托寄《老同志》[①]一小文，抄过了五次，不怎么完整，还落实而已。在事的行进中，言语中，还要多一点，解释还要删节点，就对了。这是我工作学习的起始。也测验得出，素朴深入，我能写，粗犷泼辣，还待学习。写土地人事关联，配上景物画，使人事在有背景中动，我有些特长，也即是如加里宁说的，从土地环境中引起人对祖国的深厚情感。至于处理人事机心复杂种种，我无可为力。今天已十九，我离开北京三个多星期了。这三星期和新事物的接触教育，只有一种感想，即终身来为人民的种种在生长的方面而服务。少拿点钱，多做点事，用作多久以来和人民脱节的自赎。看看这里干部的生活俭朴和工作勤苦，三姐，我们在都市中生活，实在有愧，实在罪过！要学习靠拢人民，抽象的话说来无用，能具体地少吃少花些，把国家给的退还一

---

① 这篇作品在作者生前未发表过。

半，实有必要。如北大不即要我们搬[①]，务必去和张文教同志商量商量，拿一半薪已很多。余捐献给抗美援朝去好，还公家好。我相信你是能理解、能做到的。比起来，我实无资格用国家这个钱！我们不配用国家那么多钱的。不配用。你来看看即明白了。

这里工作照一定程序进行。过几天秋征场面必可展开。也是最后一次秋征。因为土地一变公私关系，方式即大不同了。对于当地社会，我们能接触到的，还只是点点滴滴，但即点点滴滴，对于我的教育意义，都是终生有影响的。特别是日日同在一起的村中干部，在本质上、心情状态上、言语派头上、工作方式上，都给了我极深而好的印象。特别是在这么一个有点突出的自然环境背景中，我的综合学习所得到的东西，已多过云南数年的。一定要反映到新的工作中去的。笔如还有机会能用，还有点时间可以自由支配来用，会生长一点东西的。这正和我们过崂山那时一样，我给你一种预约，保证有些东西已在孕育中，生长中，看不见，摸不着，可是理解得到。因为生命中有了一种印象，一种在生长发展的，虽如朦朦胧胧，经验上却极具体的东西。我要的只是一样，即自由处理的时间。没有它，什么都完事，一切空话。有时间，这一切，在我生命中的东西，恰和粮食种子撒到这地方的土地中情形一样，生长成熟是常态，

① 实际上正在催促搬家。

而抑郁萎悴倒是变质！同时也希望体力能支持得下去。特别是脑子和心脏，待回复本来，不能再恶化下去。我得支持。因为我明白，有些工作，对于人民还有益。对人民革命和社会向前，特别是保留历史过程中最生动一个环节，我还要好好工作几年，能够做点事情。我爱这个国家！要努力把生命和历史发展好好结合起来。决不违反人民。不孤立。不自大。

昨天饭后，独自出去走走，到屋后高处悬壁上去，四野丘陵连亘，到处是褐土和淡绿色甘蔗林相间相映，空气透明，潮润，真是一片锦绣河山！各处山坡上都有人在点豌豆种。远处人小如米点，白布包头蓝长衫，还看得清清楚楚。每个山坳或悬崖间，照例都有几户人家在竹树林间扬起炊烟，田埂间有许多小孩子和家中小狗在一齐走动。山凹间冲里都是水田，一层层的，返着明光。有些田面淡绿，有些浅紫。四望无际情景全相同。一切如童话中景象。一切却十分实在。一切极静，可是在这个自然的静默中，却正蕴藏历史上没有的人事的变动，土地还家，土地回到农人手中，而通过一系列变动过程，影响到每一个人，每一个人和另一个人的关系！一面是淡紫色卷耳莲在山顶水坝中开得十分幽美，塘坝边小小蓝色雏菊和万点星的黄菊相映成趣。一面是即只五岁，满头疥癞的小孩子，挑了小小竹箕去捡狗屎，从这个水坝边走过时，见了我们也叫土改同志，知道是北京毛主席派来帮穷人翻身的，你想想看这意义多深刻。一面是一些位置在山顶绝崖上的砦子，还完全是中古时代的风格，另一面即在这些大庄子，和极偏僻穷苦的小小贫农人家，也有北京来的或本地村干在为土地改革程序而工作。三姐，这对照太动人了，我不知为什么，独自在悬崖上站着，竟只想哭哭。这一来，虽不曾去过四哥[①]过去工作的地方，得不到大圩子印象，但是把四嫂叙述的和这个景象一结合，有些东西在成熟了，在生长了，从朦胧中逐渐明确起来。我那个未完成的作品，有了完成的条件。大致回来如有半年时间可以自由使用，会生产一个新东西，也可能是我一生中仅有的成熟作品。即把这里背景移到四哥故事上去。这也是米丘林的做法，在文学，如求典型效果，且是唯一这样可得到特别成功的。你如记起《边城》的生产过程，一定会理解这个工作的必然性。我要的只是自由时间来完成。

我的住处是个大糖房，在山顶上，属于地主高百万家产。门前即一冲水田，一级一级下去。房子四周全是慈竹，本地人名王竹，不许动笋子，因为用处多，生长容易，一切编物都用得到。也即是四川民族神话中的象征，竹王生于竹中，只有这种无所

---

① 四哥，张兆和的堂兄张鼎和，革命烈士。作者从一九四八年起收集材料，打算创作一部以张鼎和为主人公原型的长篇小说。

不用的竹子可以当之。这竹子其实即一般常见的洋竹，如呈贡李地主家门前的那个样子，不过这里普遍生长而已。

房子前的水田杂树，特别是小竹林，都和电影或戏剧背景一样，在透明潮润的空气中萧疏疏的。房子中侧屋，是糖房堆糖处，大方石柱，大门栏，还有秘室，墙中有孔藏金银，特别是大容一二百石的木糖桶，在戏剧布景中是天然的，非常突出显眼，而又有极强烈好效果的。

就在这个院子中，黄昏前，来了些看病的女人（新设一医疗处），两个老太太拄拐杖来，走得极慢，从大石板栏的后屋走进。一个女孩子，长得干小小的，成年而不成熟，从前门进。医生在吃饭，这女孩子即坐下来和我谈话。姓徐，无父母，傍姑母为生："大家做事大家吃，有什么吃什么。种了十二箩担的地，今年挖红薯六挑，只值八千文一挑。种了点牛皮菜。收粮食即拿去缴公粮。养了一只鸡，两只兔子，花二千五百文买来的（她用手比大小），小得很，养到了两斤重一个，抗美援朝捐献了一只，选大的捐。"说到这时笑了许久，很快乐。"要打倒美国鬼子才有好日子过。毛主席知道我们，要我们好好生产，选劳模。大家好好生产，吃一样饭，做一样事，过几年国家就好了。现在不同以往，往天乡保欺压人，不许讲道理。现在大家一样，讲道理，眉眼清楚，人好都说好。我过三天就要到甘蔗地做事，八斤米一天，一个月二百四十斤。也累，人多做起来好。要乘这个月做，糖房已开工。那边人多好热闹！……我住互助村，来耍喔！我要走了。”

天已快夜，拿过药，又说了一会，当真就走了。就是从那些梯田小径，甘蔗林长在悬崖边，和小房子依悬崖竹林边……弯弯曲曲小路走去。到家有三里路，一定黑了。理应还拾了些莴苣叶去，因为兔子欢喜吃莴苣叶。

三，一切都那么善良。生在那么一个寂寞平凡的环境中，活在那么一种单纯工作方式中，却有一只亲手喂大的兔子，捐献给朝鲜的战士，为了打美国人！这是一种什么情感！为了国家！你想想看，我们应不应当自愧。这个人已活在我生命中，还要活在文字中。我一定要为她们来工作的，为她们终生工作，我的存在才有意义！天当真夜了下来，侧屋里有几个农干围着一盏灯唱小本词。一切极静，可是凡有人家处，都在动中，为土改进行程序而动，少年会、妇女会、老年会、知分会、富农会、地主训话会、自新坦白会……没有一个人闲着，一切脑子都在动——这就是历史，真的历史。一切在孕育、在生长。现实的人和抽象的原则，都从这个动中而发展，而进展。我的学习和其他同行似乎稍微不同，在工作上可能是个不及格的附员，但是把这个历史的点和面重现到文字中时，可能是一个相当好的工作者。为的是这一切都教育我、感动我，并支配了我。不过，这一点我无从向谁去说的。没有人理会的。大家一定以为我是个对事不关心的人，可不知一切事在如何空气下在动和变，我都一律关心，而且倾心。和我对面的一个村干，我和他话说得极少，他的报告内容，报告神气，报告中的特别长处和小小弱点，在戏剧中和在小说中是种什么情形，效果，我都熟习之至。但是，我什么都不说。我好像一点不亲热。

什么事都是生动的、新鲜的，而又可以用各种方式反映到文字绘画和音乐中的。是一切创造的源泉。只要有时间，什么都可以重现出来，而必然得到极好效果。这个事只有你明白，生一点人不会懂的。

同行中也有作曲的，住在离三里路远一个小村子里。和我谈起，以为来到的地方没有音乐。如指歌唱，本地人真是奇怪，统不会唱歌，凡是云南湖南江西及华北人民开口有腔有调的长处，这里都如被历史传统压力束缚，无生长机会。言语多清越可听，只是不会唱。可是一个习乐曲的，如一般美术、哲学、文学、绘画文化兴致高，广泛有个理解，则在这里却必然由转移方式，得到极多的启发。特别是丘陵起伏中的自然背景，任何时看来都是大乐章的源泉，是乐章本身！任何时都近于音乐转成定型后的现象，只差得是作曲者来用乐章符号重新翻译！

很奇怪，即这一切对于一个习作曲的反而视若无睹。这也可见中国更新的作曲家的训练，得换换方式，必从一般文化提高，方能从自然中启发那个创造的心。这是一种艰难的工作，但也是唯一的工作。不知从万象取法，从自然脉搏中取得节奏，不会有伟大乐章可得的！

早上鸟声也教育人极深，唐人诗说山鸟悟禅机，大有道理。从早上极静中闻鸟声，令人不敢堕落，只觉生命和时代脉搏一致时的单纯和谧静。人事的动和自然的静相互映照，人在其间实在离奇。尤其是创造心的逐渐回复，十分离奇。党说为工作而忘我，稍稍有些理会。

附近糖房工作已开始，我估想得到，只要住上两天，即可从人事中得到一种极有价值印象，不甚费力转移到文字篇章上，也可给人一种非常动人印象的。本地人以为极平凡。这里包含了音乐、绘画、雕塑、戏剧各种元素的挹取综合，特别是工作者多为村干，工作的进展且联系到下一月的土改工作思想教育，生产和爱国教育，日夜分班动工，碾子日夜转动，糖锅日夜沸腾，原料如山堆积，成品如山堆积……而其中且贯串着阶级斗争，太动人了！我知道一切感动并不即是一切作品，但它却必然是一切作品的媒触剂。一切成长都得通过了它，才有可能鲜明而具体地成为文学和艺术的作品。文艺座谈的重要性，唯有从这个环境里能深入一层体会。能印证为正确而切实。一切理论都只有从这种现实环境中，才可能深入理解。

我们在这里，有三个人带毛选来，在一张桌子一盏清油灯下同读，也是一件极动人的事情，或极意外的事情。各有所得，各有所体会，但又有某一点完全相同，即对于这个重要历史文件的深一层理解。三个人中一个是郑昕，北大哲学系，我们的团长。一个查汝强，北京市党部，我们的秘书长。和周小平一样，才廿六岁，十五岁即工作。一个是我，一点不懂政治，却深深懂文学如何和历史结合，和人民结合，和某一阶层结合，用何种方式来表现，即可得到极高政治效果的土改队中无固定职务的工作员。正和过去与思聪、宗岱三人同听悲多汉[①]等全套乐曲一样，各有所得。思聪从作曲者、指挥者和器乐独奏者身上，都可得到一些东西。宗岱得的是音乐史中的某种东西。我呢，在直接方面似乎毫无所得，但间接转化却影响到好几本书，特别是几个给人有印象的东西，其中即有乐曲中的过程节奏。也近于乐曲的转译成为形象的试验。但理会到这点的人是不多的。

这里的土地给人印象实在离奇。不见到，即不易想象。更离奇的是许多同来的人，都视为平常自然，有些人且一生从未

① 今译贝多芬。

到过南方，而对于那么好的土地竟若毫无感觉，毫不惊异，特别是土地如此肥沃人民如此穷困，只感到这是过去剥削压迫的结果，看不出更深一些东西，看不到在这个对照中的社会人事最生动活泼的种种，对这个区域土改后的景象，也即缺少真正的深刻的爱和长远关心，任务完毕，可能即一切完事。这种对于新事物的发展和变化缺少感情，也很是特别。似乎这些情感被滞塞住，被郁积住。又似乎这些情感因过去适当年龄不曾好好培育过，即始终得不到好好发育的机会。又似乎这种情感本来即近于一种病的变质，仅为文学作者所独具，而非一般人所应有，因此大家活在历史中，对历史却了无兴趣。活在比任何文学艺术更复杂生动的过程中、背景中、节目中，却人与境合，人境两忘，然而闲暇时却又去看土改小说，看他人写的东西！真是不可说、不易说的一种现实。这现实也就动人之至！

天气如好些，体力也好些，我一天总有点时间可到山顶上去看看，大家可能以为我是“自由主义”，游山玩水地看风景，不会想到原来是在那个悬崖顶上，从每个远近村子，每个丘陵的位置，每个在山地工作的人民，从过去，到当前，到未来，加以贯通，我生命即融化到这个现实万千种历史悲欢里，行动发展里，而有所综合，有所取舍，有所孕育酝酿。这种教育的深刻意义，也可说实在怕人，因为在摧毁我又重造我，比任何外来力量都来得严重而深刻。我就在这个环境中思索，学习，而放弃了旧我，变得十分渺小。奇怪得很，一到那个悬崖上看到脚下山村，和更远一点山顶悬崖砦子时，我眼睛总是湿蒙蒙的。因为我体会得到，我的生命如有机会和这些印象结合起来，和这些肥沃美丽自然背景中的山村人事变动结合起来，必然会生长一些新的庄稼，一些特别的庄稼，不必如其他作家那么多，只要有三万到八万字，即可得到一种不易设想的离奇效果。一面是仿佛看到这个庄稼的成长，另一面却又看到体力上的真正衰老，自然的限制和人为的挫折，都若无可奈何地在默然中接受。这在个人生命本身，也是一种奇异的存在。

我从一条顶小顶小的路走上山顶去，路即沿着崖边，泥土和蘸了油一样滋润，新拔的苕藤沿路摊着。一到顶上，即有天地悠悠感。表面上，我和同住的都如有点陌生，少接触，事实上生命却正和他们的行为在作紧密的契合，而寻觅那个触机而发的创造的机。给我一点时间，在我生命中投一点资，这点天地悠悠感就会变成一份庄稼而成长，而成熟。但是这个看来似乎荒谬十分的设想，谁能理解、能相信？世界在动中，一切存在皆在动中，人的机心和种种由于隔离，生分，相争相左，得失积累，在长长时间中，在不同情感愿望中而生长存在，彼此俨若无关而又彼此密切联系，相激相宕形成的不同发展，到明天是和风甘雨有助于这个庄稼的成长，还是迅雷烈风，只作成摧残和萎悴？没有人可以前知。我常说人生可悯处，也即在此。人太脆弱渺小。体力比较回复时，我理会得到，新的人事印象的复合，我还能组织起来，成为一些有历史意义和时代价值的成品。因为文字的节奏感和时代的脉搏有个一致性，我意识得到。如果过去的工作，曾经得到一定的成就，这新的工作，必然还可望更加成熟，而具有一定深度，且不会失去普遍性。为的是生命因种种内外变迁，已达到了一个成熟点上。特别是一种哀悯感，从文学史上看过去的人成就，总是和它形成一种动人的结合。由屈原司马迁到杜甫曹雪芹，到鲁迅，情形相异而又同，同是对人生有了理会，对生存有了理会。但是到身心衰弱时，三姐，什么都说不上了，只有一点，即脆弱。只不过如一个小火，一吹即熄。我已尽了极大努力来把工作能力和信心恢复，要它和人民历史发展相结合。总要尽能力所及做去。我爱国家！我要把工作和国家的明天结合起来！我已深深明白工作应当是什么，而能做到什么。也得承认自然的限制，体力用到某一程度下的必然结果。

我到这里什么都是学习。从看牛的学、村农会中学，从极繁琐生活生计里学会理解他们，也从他们新的觉醒意识中学会理解，但是，从表面看，我只是一个不管部的属员而已。

在这里看到十一月某一天报纸，有陈波儿追悼会消息。使我记起在吴淞时见她穿着一件长绸曳地袍子上课时的神气，在北京从没见到，二十多年了，印象还极新。可惜。

一九五一年十一月十九日

天气转晴，一切都明明朗朗的

天气明朗了一会会，又被灰云罩住，阴阴郁郁的。不怎么冷。开了整天的会，吃过饭，大伙儿从泥滑滑的小路都到了场上，从孤立村子转到龙街子似的大村中。我一来即和三个同志坐在一个旧戏台上，村子里陆续有人民代表来到，在下面集中，有背孩子的，挑烧柴的，挑红苕的，还有扛了一个老柳树根来的。三四天大会中，多各自携带吃、喝、烧的来，有的还挟了一大捆稻草，当作卧具。我们住戏台上，一切如三十年前所见戏台，也是在稻草里睡。街上橘子八百〔文〕一斤。小面馆照例有卤得黄黄的猪头肉、猪耳朵和尾巴，等待主顾下酒。面五百文一碗，一口气可吃四到六碗，作料可相当多，面特别细。点的是满堂红油灯。卖面的娘子，在摊子旁包饺饵，头包白布，小小的，十分善良，一切和四十年前所见一样。

北来的人正在为明天会场作布置，点的还是油蜡烛。戏台建筑还是弯窿顶，在建筑术上是古典的，涂金雕花都相当讲究，特别是设计，很像个样子，比一般新式舞台合乎观众要求。天已黑，满院子有人声，都在参与历史中一件大事，也创造新的历史，但是谈的却是秋征捐献和大会种种。人都活在历史中。我这时即在牛油烛前，人人都为明日的大会而忙着。身边是各个村子中的男女贫农代表走动。随后即分组到贫农住处去（下用稻草，上用谷簟铺好，纵横住了两百人），十六个大组，漫谈生世，从八岁起说下去，各组完毕，已到十一点。再一汇报，已十二点，就蜷在戏台后楼上一角稻草堆中睡去。半夜中听打更锣，情境特别。到五更，各处有鸡叫。天未明楼下说话声音喁喁咿咿，低而沉。天明后，听到磨坊打筛声音，可以知道这个小小村镇已在动中。街口铁匠铺的炉火，也一定已有熊熊火光扬起，且有叮叮当当响声。今天赶场，七百人口的场中忽然增加到三千人上下，可知日用物品的交换，必然相当热闹。八点左右街上场面已展开，官药铺柜台抹得干干净净，卖肉的占了街上主要地位，一大块大块肉挂在黄铜钩子上，打扫得白蒙蒙的，等待主顾。清油价到六千（有的竟要八千），肉价不过三千，有的卖二千八，所以肥猪肉是乡下人主要兴趣。但能吃的人还是比较少数人。这几天正值下甘蔗熬糖时，有劳动力的收入都增加，且值秋收、秋征，交换物资也比较频繁。场子上也还有人用破洋瓷脸盆，装了五寸长大鲫鱼，上盖菜叶，搁在街边屋檐下出卖的。也有卖兔子卤肉的。有卖霉豆豉的。有抱了绿头公鸭（和抱孩子一样，用布包着）上场出售的。有挑了豆壳一大担，在街上撞撞磕磕的。杂货铺的老板、屠户老板、面馆老板，大都如大匠琢轮，不慌不忙的，知道有生意待做。生意特别好，桌面案板特别整齐丰富的，应属街头街尾的饭铺。白米饭已上蒸笼，鸡鱼肉菜都收拾得很好，葱蒜辣椒也准备得十分齐全。地下照例湿滑滑的，因为有卅里内外泥浆带来。

天气转晴，一切都明明朗朗的。看看这里街子、呈贡街子、卅年前各种各式街子，使我对中国农村的市集有种奇异的情感，因为极可能从这个情况中可以看出古代村市的情形。大都市在变，小村市如果生产物资交换方式不怎么变，则千年前的村市和当前村市，大体是相同的。也由此可以体会到写古代农村比古典都市容易把握问题。

头总是不大好，心脏影响或由之而来。上坡不好受。吃的已够好，萝卜青菜还有油，但是终日把饭吞下去，加上辣子酱，已起始有些难于消化。有时一吃过即得上路，年轻少壮不在乎，我有些当不住。体力受了限制，无可奈何。但是要坚持下去。

树叶还未尽落，山上各处是绿的。每个山坳上总有个水塘，水极清洌，有卷耳莲生长得极好。竹子在山上生长，都似乎不是为致用而是为装饰效果的。

农村在动中，自然景物那么静，我置身其间，由此动静总似乎在孕育一种东西，只要有时间，即可生长成熟。

这次到乡下来，最得用的是棉衣和虎虎的一支笔。衣服很合适。笔可以写极细笔记，且不必为墨水担心。同来的看到这支针尖似的笔都发生兴趣，因为没有一个人的这么细的。虎虎这支笔，真有用。我只担心这种信如受水潮湿，会影响到信里。

十一月二十九日下五时

它的一切影响我处，却是终生

叔文：

看十二月廿二报纸，说寒流到了华北，我正估想北京受它影响后的情形，不意这种寒潮也波及了这里，手足已发木，人人都嚷冷。严重的是若干区域甘蔗尚未收获，一上冻，梢端冻坏明年作种即不得用，要影响到农产、糖业、税收、经济作物农贷，以至于国内若干区域的白糖分配量。不是小事！记得以瑛曾说："参加过土改，此后一落雨必想到农村。"我们当时若理解，其实不能有较深理解。必到了农村，必熟悉雨量对于农作物关系，必更多些明白农作物对于农民生产如何有关，才会从天晴落雨中念念到农村！甘蔗生产最严重的问题即冰雪和六月旱，所以这几天的寒潮和明春荒旱，是领导上忧心的。希望不要大冻、久冻，为的是生产忙不过来。土地改革正式全面展开，每个村子中农民男女老幼都为斗争卷入一种不易描写行动中的时候，是土地革命最紧张的一阶段时期，天气要好一点，一切工作也便利得多！这里已将北来信报日子测定，同是八天可以到达，是从西安过广元转成都的。成都离此二百里，信件得两天，现时有汽车，明年可乘火车。上次来信说请萧离寄《光明日报》文章①来，如不曾寄，望要龙龙（电告他一下）去买一份早日寄来，我有用处。你说“要全心全意为人民服务”，我在这里只能说事事在学习，向每个工作同志，向本地干部和村干，充满了情感去理解，从工作进展中，并向在教育启发中逐渐生长壮大的农民学习，学习从本质上及变化上来理解认识，更主要的还是从这种种来明白“从群众中来到群众去”的工作方法。我不是说过在工作中给人印象，易如一个“自由主义”者对事的不关心吗，事实上这里接触到的大小事情，我却用的是一种严肃到极点的态度来理解、来认识。因为比任何文件书本对于我教育意义都深远得多！我且明白，这次工作，对于每个北来同志，都有终生影响，但一和农村离开时，即必然也和这里的

---

① 指作者一九五一年十一月十一日发表于《光明日报》的检讨性文章《我的学习》。

将来荣枯失去联系。我倒稍稍不同，至少有一年工作要和这片土地这些人民的发展分不开。

这几天村子中正在斗争一个大地主，由全村农民把一二十年前一二斤甘蔗或相似小事，到拉壮丁家小死亡大事，一个一个地申诉，特别是老婆婆对于乡保长兼地主的申诉，事越琐碎越使人起严肃感。因为这即是阶级斗争和农民革命。封建的彻底消灭，新国家基础的建立，都由之而来。也只有从这个严肃而残酷的斗争发展中，来读毛选之《实践论》和日来北京方面文艺工作者检讨文件，才更深一层明白个人提高学习政治认识的重要，以及文艺服从国家要求的重要性。萧离或其他说的，不要为收集材料而学，他人可能有这个打算，未免不大明白我学习的意义！因为从实践学习中最重要的收获，是每一种现象都可证明领导上文件的重要性，特别是农民受阶级性限制，易发生的倾向，处处可证明土改只是为工业化打下个基础，即工业品市场基础、国家政治基础以外的经济基础。更重要的还是工人阶级的人生观和无产阶级的思想，来领导国家向前，中国才真正站得起来，向社会主义共产主义前进，对世界和平才会有更大贡献！这些文件上常提及的话，你在城市中来读，还是不如在乡村工作实践后读来意味深长！

这次土改废名也参加，是在中南区，可能到湘西。在中山公园音乐堂我见到他时，他说要写小说，大致会实现计划的。上四川的熟人中有杨起和王珉源、李一平，都过了川东。我们这里一队，文教中占百分之六七十（中学语文教师比较多），人民艺术戏院也来了不少人，布景、道具、灯光，无不有人，且有演员，有作曲家，只差一个写戏的。也许这种人即在工作同志中，我们并不知道！也许得由我来写，近一月来许许多多事情都比所见到戏文感动人，而且有几多惊人场面，从这个背景中看来，才格外生动！一切太严肃了，正如临来时柴才民在音乐堂报告说是“战争”，如一一说来，由虎虎记下，记到某些段落时，虎虎也会捏一把汗的。仅就一小小村子已有那么多事件发生，那么多问题待处理，想想同时在进行的，是万万人民广大区域，用同一方式进行工作，有万千种斗争，有万千死亡与毁灭，也同时培养了万千新生种子，你就明白，身临其境的工作者，如不感到时代历史的严肃，倒怕是不大可能的！即因此，我不是消极感伤，心脏却有时不易支持。你说“为人民服务”是比较抽象地说，正如我过去和他们谈写作，真的如何教会一个人用笔，可并不简单！在这里，服务是多方面的。如战争，集体分工，各有所司，号兵和机关枪手工作性质就全不相同！在这里做我们小饭团的炊事员的，是个村妇女部长，不识字，一天忙于做饭，从工作表面而言，不如在斗争会中一妇女小组长，但如从服务另一意义而言，可就作用大了！在这里工作中，把服务也从各个不同需要上配合去看的。有些朋友完成任务是在这里和土改时间一致的，即是说土改一完任务也结束，我的任务完成，大致却要在回到北京以后三个月或半年。它的一切影响我处，却是终生。把这一回认识和过去卅年来从农村中得来的印象、知识（特别是老农和青年的）结合起来，实在有重要意义，如有机会能完成拟想的十城记中几个故事，会达到一个新水准的。

从文

一九五一年十二月末

寂寞能生长东西

叔文、龙、虎：

这里工作队同仁都因事出去了，我成了个“留守”，半夜中一面板壁后是个老妇人骂她的肺病痰咳丈夫，和廿多岁孩子，三句话中必夹入一句侯家兄弟常用的话，声音且十分高亢，越骂越精神。板壁另一面，又是一个患痰喘的少壮，长夜哮喘。在两面夹攻的情势中，为了珍重这种难得的教育，我自然不用睡了。古人说挑灯夜读，不意到这里我还有这种福气。看了会新书，情调和目力可不济事。正好月前在这里糖房外垃圾堆中翻出一本《史记》列传选本，就把它放老式油灯下反复来看，度过这种长夜。看过了李广、窦婴、卫青、霍去病、司马相如诸传，不知不觉间，竟如同回到了两千年前社会气氛中，和作者时代生活情况中，以及用笔情感中。记起三十三四年前，也是年底大雪时，到麻阳一个张姓地主家住时，也有过一回相同经验。用桐油灯看列国志，那个人家主人早不存在了，房子也烧掉多年了，可是家中种种和那次做客的印象，竟异常清晰明朗地重现到这时记忆中。并鼠啮木器声也如回复到生命里来。换言之，就是寂寞能生长东西，常是不可思议的！中国历史一部分，属于情绪一部分的发展史，如从历史人物作较深入分析，我们会明白，它的成长大多就是和寂寞分不开的。东方思想的唯心倾向和有情也分割不开！这种“有情”和“事功”有时合而为一，居多却相对存在，形成一种矛盾的对峙。对人生“有情”，就常和在社会中“事功”相背斥，易顾此失彼。管晏为事功，屈贾则为有情。因之有情也常是“无能”。现在说，且不免为“无知”！说来似奇怪，可并不奇怪！忽略了这个历史现实，另有所解释，解释得即圆到周至，依然非本来。必肯定不同，再求所以同，才会有结果！过去我受《史记》影响深，先还是以为从文笔方面，从所叙人物方法方面，有启发，现在才明白主要还是作者本身种种影响多。《史记》列传中写人，着笔不多，两千年来还如一幅幅肖像画，个性鲜明，神情逼真。重要处且常是三言两语即交代清楚毫不粘滞，而得到准确生动效果，所谓大手笔是也。《史记》这种长处，从来都以为近于奇迹，不可学，不可解。试为分析一下，也还是可作分别看待，诸书诸表属事功，诸传诸记则近于有情。事功为可学，有情则难知！中国史官有一属于事功条件，即作史原则下笔要有分寸，必胸有成竹方能取舍，且得有一忠于封建制度中心思想，方有准则。

《史记》作者掌握材料多，六国以来杂传记又特别重性格表现，西汉人行文习惯又不甚受文体文法拘束。特别重要的，还是作者对于人、对于事、对于问题、对于社会所抱有的态度，对于史所具态度，都是既有一个传统史家抱负，又有时代作家见解的。这种态度的形成，却与这个人一生从各方面得来的教育总量有关。换言之，作者生命是有分量的，是成熟的。这分量或成熟，又都是和痛苦忧患相关，不仅仅是积学而来的！年表诸书说是事功，可因掌握材料而完成。列传却需要作者生命中一些特别的东西。我们说得粗些，即必由痛苦方能成熟积聚的情——这个情即深入的体会，深至的爱，以及透过事功以上的理解与认识。因之用三五百字写一个人，反映的却是作者和传中人两种人格的契合与统一。不拘写的是帝王将相还是愚夫愚妇，情形却相同。近年来，常常有人说向优秀传统学习，这种话有时是教授专家说的，有时又是政治上领导人说的。由政治人说来，极容易转成公式化。良好效果得不到，却得到一个不求甚解的口头禅。因为说的既不甚明白优秀伟大传统为何事，应当如何学，则说来说去无结果，可想而知。到说的不过是说说即已了事，求将优秀传统的有情部分和新社会的事功结合，自然就更不可能了。这也就是近年来初三语文教科书不选浅明古典叙事写人的文章，倒常常把无多大用处文笔又极芜杂的白话文充填课内的原因。

编书人只是主观加上个缴卷意识成为中心思想，对于工作既少全面理解，对于文学更不甚乐意多学多知多注意。全中国的教师和学生，就只有如此学如此教下〔去〕了。真的补救从何做起。即凡提出向优秀传统学习的，肯切切实实地多学习学习，更深刻广泛地理解这个传统的长处和弱点。必两面（或全面）理解名词的内容，和形成这种内容的本质是什么，再来决定如何取舍，就不至于如当前情形了。近来人总不会写人叙事，用许多文字，却写不出人的特点，写不出性情，叙事事不清楚。如仅仅用一些时文作范本，近二三年学生的文卷已可看出弱点，作议论，易头头是道，其实是抄袭教条少新意深知。作叙述，简直看不出一点真正情感。笔都呆呆的，极不自然。有些文章竟如只是写来专供有相似经验的人看，完全不是为真正多数读者的。

一九五二年一月二十五日

我什么都得学，学得越多越好

叔文，龙，虎：

在小乡场上区公所里，我和廿来位年轻的工作干部把年过了，真是一个离奇的年！今天已初三，各村子里工作依旧进行，斗争的还是斗争下去，分别负责的自然都忙起来。这个年我本意是到砦子上一个农家去过的，一定更有意义。因为这几天喉痛咳嗽，砦子上用水极不方便，就只好放弃了。其实到砦子上去和那十几户农家住户谈几天话，是极有好处的。我什么都得学，学得越多越好。我住的是中队部，也即如军中的指挥部，不算是土改战斗前线，因之也可以说没有和土改战士一道，没有和农干一道，小组中种种是明白得不甚具体的。但三个月来，可把环境中人大都熟习了，不同的人和静止的土地背景，大都熟习了，理解这个是有用处的，特别是我的工作，谈理解，实离不了人和土地，更离不了两者依存关系，以及许多人因情形不同而动的不同问题。这些事文件上说得不具体的，即说也对于另一人无多用处的。文件上虽大体已提到，但是因地方情况不同，也随之而不尽相同的。也熟习了些还近乎在自然状态下的老幼，可以用来和在变动中的人事比较。中队部是独家村，所以大伙人赶到区里去过年，吃了顿有鱼有肉的饭，两顿面，负责的赶到县里作报告过年夜去了，天气还老早，区中年轻干部就在院子中下棋玩乒乓球。一切静静的。街上还有半天场，和龙街风俗一样。乡下人都赶来追办年货，这半场鱼的买卖格外多。似乎还包含了汉代以来“乐有余”的意思。卖鱼的却换了些橘子、米糖回去。到了午后，百十户铺子都关上铺门，大街上就已冷清清的了。我一个人跑到场头场尾小茅棚去看看，和七八户贫家老太太谈了好一阵，每家都在办年夜饭，且有几户是军属，柴门边贴得有毛主席和总司令像。有个卖热豆腐的老太太，正在临街炒鸡杂，别家一个小女孩为破鱼，高兴得很。这些人家多照老规矩，大都还照顾了一下香烛铺，烧了点香烛，盼望大小平安。乡场上有三分之一的铺子兼卖香烛，可知过去一时生意必相当好。试问问一个老板，就说“这怕是最后一回生意，过了年，得想办法改业了”。看看几个伙计还在用小铁月牙钉凿纸钱，承尘间架子上还挂了十来对半斤重大烛，可知主顾虽已不多，生意还像是有点欲罢不能。全场上只有三家茶馆和独家小理发馆生意，一直延长到晚上。

我到处坐坐谈谈，随时随地也就用“北京同志”身份宣传了一下国家的当前和明天。如走方郎中，什么都谈，谈得个不亦乐乎，最可惜的是随身不曾带得几十个照片。由轮船、火车、天安门，到内江县便民场的甘蔗、白糖、蚕豆酱，一面教育一面学习，从这种谈话中，最大的发现，是我倒像个宣传员，真做到了“永无匮乏”的地步。特别是对他们本质上的爱和理解，在沟通人我情感上，比起一个小学教员，和一个年轻的政工人员，似乎要得用得多。如果区里能配上那么一个联络员，中央和人民之间，要举办点什么新事情，一定便利得多。但是要训练一批这种联络员，可就不免有些困难，怕不大好找！

场子上中心小学也正集合了八十个教师，正准备在土改进行中办冬学，配合土改工作，不是件容易事。好些教师都只十七八岁，有些人可能中学还未毕业，教的如果是史地，有许多问题都不易解决，又极少工具书可以参考。平时也少有机会看到大都市报纸，四川以外事情大都还模糊，国际情形、国家情形、大学情形，甚至于土改情形，和土改对于社会长远意义，都还蒙蒙糊糊，理解得不深。字典、生物生理挂图、合用地图和历史图表，都感缺乏。但既在工作岗位上，一天就得忙下去。唯其准备如此简陋，客观条件如此困难，加之在这个时代过程中，或由于情绪思想，或由于实际情况，大都还不免有些无可适从的心情，更令人对他们目前工作任务，及对地方所负的责任，感到同情，感到异常庄严。因为不管如何，农村下一代的发展，还得通过这些人之师的教育而长成！也因此更觉得应当要想办法为这些朋友打打气！帮一点忙！有些学校在设备上言来，可以说什么都没有，而教的恰恰又是什么都得知道的小学各科，想想看多困难！如何来提高他们的知识、常识、兴趣、热情，实在是件大工作！政府虽在布置，但要满足这么多教师的迫切需要，还是不容易，不好办。有不少看过报纸上史瑞芬事迹的年轻人心中，未尝不有“见贤思齐”的想望，可是个人单纯地忍劳耐苦，还并未能解决问题的！

初一大早上，我又到街头街尾各处走了一转，看看这乡镇年景。好些人都换了干净衣服，老太太多坐在门前小凳子上。没有赌博，没有放炮，大小女孩子多在踢毽子、跳绳。这个场照过去习惯，正月初一满场都是赌桌的，四乡人也来赌，昨天在个小茶馆，还听到陌生茶客说起去年时烟、酒、赌、娼种种热闹情形，和乡保地主在这种时候称豪洒阔气风气。由那个茶客口气说来，大有开元天宝盛世难再逢感，可知其过去也必然是豪客之一员。听穷人说来，没有赌可真少害死许多人！因为一赌输，场子外四乡半路抢人的事，也多起来了。悬梁跳堰塘的，也多起来了。毛主席共产党来了，没有赌，清静。

随后即带了抬土工具去扫墓，是去年有廿八个工作干部在这里区公所中被残匪包围牺牲的，打了一整天。土改干部、农会中干部、教师、各村群众到时都来了，大家垒土到坟上去，还扎了些白纸花。集合各色武器，十来支枪向天鸣了两排枪。小村子还来了个龙灯。大家绕着那一长列龙灯坟转圈子，有个洋鼓声音哑哑的，锣也破了……热闹得很也寂寞之至！牺牲的有北来的解放军区长，有学生干部，有本地年轻男女干部，有军大毕业区干部，一切和目前人员配备相差不多。

扫过墓，我们廿个人回到区公所，一个副区长宣布再集合，把武器统一集中，重新分配到干部身上，即出发到一个村子里去捉匪特，趁新年去给其来个措手不及。不多久，果然就瓮中捉鳖，把个逃亡漏网二年的坏乡长，从一个人家楼上衣柜中清出来了。去捉人的有党团员、北来的中学教师、本地小学女校长、统战干部、副区长、区文教、法官、师范学校出身的女干部、脸庞红红的勤务员。这么一个队伍，把五个犯人捉回时，走的道路全是和我们住呈贡由五龙埠到龙街子一带的田坎路，到处有油菜花黄成一片，有大青菜绿得出油，有穿换了毛蓝布衫子，包白头巾的农民，三三五五预备上场看戏。场上小街也正是许许多人拥挤时，忽然看到一群工作人员捉了一串回来，实在是太戏剧性活泼热闹了。但是乡村年景的静，还是统治了一切。因此一来，似乎反而还格外显得静。特别是把那些人捉到了区公所等待讯问时，院子中静极了。

大约三点，我即独自先回了村子。一路上都是各村子里上乡场看戏的人，一路上都有相识的农干和孩子们打招呼。平时有些女武装，送信上路总还佩了把刀，今天已不带武器。老太太和孩子们对于看戏可格外兴奋，老的一生实看不到几回戏！沿路就有人拉我回去看戏！天气晴朗朗的，犹如北京四月中，一上路，且觉得有点燠热。一路上还可看到下田耕土的人，赶初一破破土（为土改，许多人把生产全搁下了）！我就沿路拜年一路问庄稼，或蹲在田坎边谈胡萝卜甘蔗，当成新年课学到了家。土地正盼雨水，已一个多月不见雨，有庄稼的都不免有无可奈何感。因为山上地土薄，下种晚的豆麦都已不大济事，冲田中虽贮有水，可不能救山旱。大家为春荒不免发愁。回到卢因寺脚下山村时，正有个老农扛了个长柄虾撮下田捞鱼，神气和夏圭山水画中的渔人一样，腰弯弯的，一月来田中鱼打得已差不多了，大致因闲在家中受不住，还是出来碰碰运气。我们自然又是一番知识交换，由打鱼到机器犁，事事不离明天好光景！还预猜二年后会有东北的豆饼肥料上到内江的甘蔗田中。回转住处时，约四点半。大院子中空幽幽的，阳光照在院中几个晒干萝卜的大簸箕上，给人印象极离奇。完全和三十多年前在茶峒城里一个人家门前情景差不多，几只鸡的神气，也还像是十分熟习的。特别是一种静的寂寞空气，支配了全院。空气极离奇，即在面前的一切都极真实具体，一切又若并非确有其事，一切在当前若和个人生命离得极远，但以后却反而十分贴近。最特别的是天气，日长如小年的沉静，我太熟习了。我就在如此天气，如此空气，如此地方，如此过了一个年！生命完全单独又如和一切十分亲切融合地同在。虽完全单独，却因为三个月的住下，这么一个地方，这么一些人的哀乐得失和永远存在的农村寂寞，都一同浸透了我的生命。四月前，要理解这种种，几乎是不可能的！到了这来后，即再过一年二年，要忘掉这一切也是不可能的！试从大门外小塘边望望，卢因寺古城堡，和堡子那几株大青树，正浴沐在明朗温和阳光下，屹然耸立，似乎是个有生命的事物。远望成一片一线的黄色菜花田，和作成种种绿色行道的豆麦田，都装饰在堡子下一层一层山田间，和附近大片豆麦田作成的绿原相交错。就在那么一个锦绣原野下面竹林子中，一星期前即还有大小约六百个地主，成串成堆地捆在那里等待过关，竹林子尽头处糖房背后，就进行过三千群众大会，把一个在本村霸道十年的保长萧四爷，当场结果了。这时节什么都不见了，似乎事情已过去了多年，大家都忘记了，我曾经监过工的大戏台，已经不知在何时早把布置撤去，只剩下几个柱子空零零地撑在空中。竹林子有个妇女和三个小孩子在扒竹叶作燃料，按规矩，大致是地主家中人，才在这个时候出门找燃料。到处还可见到些人在动，反而格外显得地方沉静。正犹如过去热闹过光景统统成为过去了，什么人都不想保留也不能保留，未来却尚在半路尚未来到。这是历史转折点一个唯一的元旦，到明年，就决不会是这样的了！小路边青菜生长得十分茂盛，初来时却不过如一簇簇豆苗。这一百天我真正读了一册现代史，虽然记叙的不过是一个小小村子中的一章，但是这一章可真是不平凡的一章！即零零散散叙写出来，也是历史！

一般农民心情，眼下都等待落雨，分田，分果实，分住处。等待旧的时代结局和新的生活开始。从政治上看，对农村问题而言，土改完成只是建政开始，有一大堆任务教育要布置下来，都得通过区里那十几个年轻干部和每个村子中的农干来推进、来完成的。土改工作同仁一走，村子中是种什么情形，有些方面是可以想得到的。许多老太太和小孩子恐都不大习惯，有好些日子不习惯。可是不多久，也还是要成为过去了。年轻的将必然为一切新的工作而忙，然而广大地面却是沉静统治了白日，庄稼慢慢地成熟，“北京同志”渐渐成为一个名词，流传到本地大小人口中，孩子们长大了，……

今天已初三，如果诸事能如预计安排，或照〔朱〕昭观报告说的，北京同仁无论如何得在四个月内返京，那么，这个信寄到北京时，我们可能正在忙着打被包，办交代，要和这个可爱的地方和一大群可爱的农民朋友道别，准备要回返县里总结工作了。本说十五左右，现在估计可能迟到廿左右得到重庆。月底是否能赶到北京，要看领导布置！这四个月的工作学习，就知道的说来，似乎还少得很，也不深、不细，且不能作报告用。但是从人事的变动方面如何和土地的静止相结合，我认识的似乎还有用。对人民革命、土地革命的历史而言，能记载下问题来，就有用。对个人而言，则是一种真正教育！因任何时节都没有和这次下乡一样，用的是一种极端严肃心情来接近每一件事、注意到每一个人！

卢因寺山上有面大鼓，有口大钟，过去是为菩萨准备的。几天来每到村中开大会召集群众时，就鸣钟号召。我已听过多次钟声。这个钟的致用意义，过去可说是唯心的，现在可纯粹是唯物的了。

从文

一九五二年一月二十九日

一切都在计划中而动

叔文：

一切都在计划中而动。工作队同仁，即从农民代表中种种矛盾里，寻觅、发现，将田土数字提高，从各个分子和彼此之间的思想斗争发展中，进行第一步的自报公议查田办法，准备下礼拜的分田工作基础。工作已入高潮期，全个院子楼上楼下，各处是争辩，各处是质问和责难。真实一点说来，即“个体利益”和“群众平均思想”在战斗。和斗争地主有截然不同的情绪，而比之且更见出不同的“激烈”，因取舍间可充分看出农民性的特点，也形成农民型的意识形态。如没有参加这个工作，单纯从文件上学习，由农民调查报告到最近土改文章，可以说，全是看不懂，懂得也极不具体的！《实践论》知识三步骤为：相信——情感的，承认——理性的，实证——身预其事。三者合一，方为对于某一问题具有知识或认识。关于土改的意义，和它在明天将来发展中，对于国家所具有的历史重要意义，要理解它，的确是只有身预其事，才可说稍有理解的。这段工作一过，再过一礼拜左右，我们可能就得和这个村子，这一群人民离开了。照一般同志的工作说来，时间已不为不多，不为不深入。比萧乾上次到湖南十倍多日子。若照我对于这工作和将来工作意义说来，和一切人事还未免接触得太粗浅。想就这回工作提出些问题、表现些问题、解释些问题、处理些问题，都还不够，需要更长些时间和更深入细致些，和这个在发展在生长的群众接近，才有可能把工作搞好！我们住呈贡乡下八年，虽在生活上和当地人近于完全打成一片，但是却如在一种不相关的自然状况下共同存在，彼此之间的荣枯哀乐，是不相通的，是在完全游离情形中过日子下去。虽前后将近八年，还不如这次三个月里相互熟习。在这里三个月，差不多每一次集会，每一个段落的工作，影响到村子中人是什么情形，都有反应，又都要从这个群众意见反映中来布置下一回工作的。下小组的同志，且必须知道每一个人的问题，真不是简单的事情！我还应当综合知道许多人许多事，可是时间还是太短了。真的说知识，还要从一些新的学习上来注意、来补充。这三个月时间，只能说是初步学习把自己稍稍稳住罢了。也是从这种学习中，才深一层明白文艺座谈所提“普及”和“面向工农兵”，“为工农兵”的重要性。我们有将近四万万人民，生活情况和知识水准，大致都还是和这里村子中的各阶层农民相差不多。特别是青年农民，都是从土改起始，在国家有计划教育下生长培育的，他们的当前和明天，显然是要影响到国家向前发展方式，和对于世界共同幸福的！一面是问题那么重要，一面是如何产生有教育意义的文学作品，还如此少，领导教育还处处在摸索中，我倒觉得有义务待尽，即来写几年在各方面生长的东西，而在工作中，且永远是从理解这个生长的东西，如何来重现的问题着手。实际上也是在工作过程中，我是个可有可无的工作人员，但如何认识问题，从一般性问题上抽出典型的人和事，好好地重现它，才真正对于国家有意义，而对于个人改造为必需！

今天已九号，得见一月廿八来信。我信写得稍长，因为除作工作笔录，不另记日记，这些信正可以见出在工作过程中的一些印象、一些影响。这次到乡镇上开会已四天，今天下午才从场上返回村子里，这一礼拜是最事多的一阶段，大致已不能再写信。在这里有四份报可看，重庆的《新华日报》和泸州《川南日报》，都常先把北京三反消息和重大事件转载，所以知道的大事件还多。回京时，大致还可在内江、重庆、武汉看到三反中一些重要举动。这种事，是有极重要良好作用的，可说在历史上也是伟大空前的，特别是知道国内各方面的情形时，更会觉得国家这种措施，值得永远拥护。

一九五二年二月九日

辑七

我们相爱一生，一生还是太短

天色虽暗下来，还有一片明蓝

兆和三毛姐：

我们上车时幸有余庠同去，不至于为行李弄得拖拖沓沓。车厢黄黄的，一排共五人，分两段。坐位不怎么挤。更难得的是没有人吸烟，也少有人“放炮”。八日上午二时到德州，车停下来不再动，本应当上六点到济南，挨到十一点左右才到。路上虽多挨了时间，可是由德州到济南一路天清气肃，可看到大清早庄稼地爬梳得整齐如画，许多人在田间用牛耙土，实在动人。过黄河也看得十分清楚，真是幸运！十一点到山东博物馆办事处，住在一座小楼上，窗子外是一座教会楼房，院子中树木萧疏。我们很像两个新来的修道士到了一个修道院。十分像！打量住五天再过南京。

中午到文管处拜访一张老先生。后来到一第几合作食堂吃饭，清清爽爽的。又到“人民公园”，虽然也有许多人围在一些年轻猴子住的栊子边，彼此互看，也有人推小娃车在树下，也有搞对象的在树下默默地并肩散步，也有芍药花坛，就只是地方太小，容纳到三千人时，大致就应当叫做饺子公园了。

济南给从北京来人印象极深的是清静。街道又干净，又清静。人极少，公共汽车从不满座，在街中心散步似的慢慢走着，十分从容。房子似乎都经过日本人改造过，低矬矬的看不出旧风味。小小的，一排排，都用红砖砌成，许多房子都应当名之曰“小洋房”，住的却大都是中国人。在这种房子堆堆里，却有几座建筑格外现眼，一是电影院，似乎极力求人承认是“民族形式”，我们还是不承认。因为用红砖，形状和护国寺劳动剧场差不多，却大过一倍，前面有大红柱子四根，大致连建筑师也不大明白这柱子会红到这种不调和程度，是为什么！其次是山东剧院，前面如一大牌楼，威严堂皇，后面却如这么一个大圆棚，作深灰色，大致也是出于建筑师意外不好看！第三是一个绿琉璃瓦顶庞大建筑群，有许多房子，前边还有大照壁一，高桅二，后楼一座则仿佛宋人画的仙山楼阁。四围长墙又高又结实，路是石板路，这才真是民族形式！就是博物馆现在地址。外表令人满意。这房子谁也猜不出是谁作的，为谁作的。问问才知原来是卍字总会机构，二十世纪道教的回光返照最后一座建筑！照过去一个熟人说来，他们的祖师是专说笑话的济公，信徒每日必默祷，默祷对象却是熊希龄。真正是谁也意想不到的事情，和搞近代史的人说，人还不相信的。

济南住家才真像住家，和苏州差不多，静得很。如这么做事，大致一天可敌两天。有些人家门里边花木青青的，干净得无一点尘土，墙边都长了霉苔，可以从这里知道许多人生活一定相当静寂，不大受社会变化的风暴摇撼。但是一个能思索的人，极显然这种环境是有助于思索的。它是能帮助人消化一切有益的精神营养，而使一个人生命更有光辉的。

现在已黄昏了，窗外树影逐渐模糊，对窗那座灰洋楼静静的，只有二三处小窗口灯光照亮，更加见得幽静。照理这里望到的应当是一些年轻的白帽黑袍的女尼，或白衣白帽的女护士，总之，看到这些人从对面楼下走出，在院中幽幽地说点什么，窗中的一位充满了抑制不住的热爱，却抑制下来，是常情，是常态。如在此时此地，什么也没有见到，只能听到远处有不好听的刺耳音乐连续……你说怎么办？没办法，听下去！不过最好还是听听别的音乐或女尼对话。天色虽暗下来，还有一片明蓝。

月影子从疏疏树叶中透过，真是好情境。如有一点钟声代替音乐，我就更像修道士了。

已经起始觉得累透一身子。我们只有如年轻的修道士一样，看够了这一切时，躺下睡去。明天一早将去拜会几个老先生请教。大致住四五天就去南京。天气真美。凡事放心！

从文

十月八日下七时

人的记忆和想象真是一种奇怪的东西

兆三姐：

今天在风雨中上了山，不知什么山，只是慢慢地上到高台地罢了。到处是新建筑工程在进行。我们到了新师范学院，四个助教陪我们看了文物室两点钟。在风雨中回到趵突泉吃中饭。饭后两点起始看“山东博物馆”，在十来间大小房子中绕来绕去，经过三点半钟，才离开。看了许多也听了许多，还准备明天再看。如机会许可，后天再看库房。直到如今，还不曾玩“大明湖”找白妞黑妞说书处拜访一番！看情形，大明湖只修庙，不说书。还是得看看。其实带点三秋衰落光景作诗本不妨说说，但不作兴说，什么好诗也没有了，只有让一块红布作标语牌牌招展于码头边，代替一切。回到住处时已六点，才知道累到一个程度。楼下正有音乐齐鸣。附近医学校许多学生刚散学，许多着白衣的女孩子，快快乐乐地当真一队一队从我前面走过。记得但丁在什么桥头曾望见一个白衣女郎和她的同伴脉脉含情地走过，我估想在学校附近，也必然有这种未来诗人或第一流大医生，等着那些年轻女孩子走过，而这些女孩子对于那一位也全不在意。还有另外一种情景。今天上午到师范学院时，正值午课散学，千百学生挤着出门上饭堂，我们在这些年轻人中间直挤来挤去，没有一个人认识，也极有意思。因为即“报上名来”，也还是没有人明白你沈某是谁，做什么事，正和传达门房差不多，望望不相识，一开口即问我是“干什么的”，我说“什么也不干”，他却笑了。必须遇到好事的，才问问“客从何处来”，听说从北京来，也只是怀着一点点好奇神情，望望上下。可能最引起注意的还是我脚下一双学生鞋，证明和他们大伙“是同道”，因为许多人也穿着这么一双布鞋子。如果听说是巴金，大致不到半小时，就传遍了全校。我想还是在他们中挤来挤去好一些，没有人知道我是干什么的，我自己倒知道。如到人都知道我，我大致就快到不知道自己究竟是干什么的了。在年轻学生丛中被推搡着时，我看看面前许多女孩子，都和你在中公时同学相差不多，可没有发现什么“小黑猫”，但是倒发现了……或证实了另外一件事情，长头发同学当真相当多！无怪乎乡下中学教员，总居多是头发长长的！有些人头发长而上竖，如戴胜一般，决不是无心形成，还似乎有点时髦味道，大致平时必有什么名教授也这样，相当用功，所以弟子们不知不觉也受了点影响。这里有一种淳朴之风流注，很可爱。我说的是包括了戴胜冠式的头发和其他一切。

我们今天看了《流浪者》，上下两集，分别买票，看完了出门再买票，小孩子一定觉得有趣，因为刚从前门进去，旁门出来，又从前门进去。大人也有些因为反复而感到趣味，不然不会常作冗长报告！院中坐位和灯光都还好，比大华像样一些。电影场面和末尾结果有点美国味，主要怕是向美国找主顾，要观众。殴打、跳舞、审判、结局都如美式。又是用刀！印度人相当聪敏，用到电影企业上，不走美国路线，将是奇迹！但无疑会突破这个限制，做出真正印度民族形式电影的。

回来时已九点，约有二里路，一路上全是医学院学生。只听他们谈文学，说小说作品技巧，说了许多，听来真有意思。这些年轻人大致和我们小龙小虎差不多，他如和他们同学也是这样子。我好像是这些人的父亲一样听下去，觉得很有意思，也是一种享受。我想起三十多年前在城头上，穿了件新棉军服看年轻女人的情形，我那时多爱那些女人！这些人这时也许都做祖母了，我却记得她们十五六岁时的影子，十分清楚。我一到写什么时，就似乎还和一个廿岁的人一样，想起在青岛小松林中时那一对小毛兔，好像还在等待着我们去看它们。其实那地方或者早已成新住宅区了。尽管成住宅区，那林子中一切我还布置得出。人的记忆和想象真是一种奇怪的东西！试到什么图书馆去看看，属于文学部分的作品，汗牛充栋的作品，差不多全都是“记忆”和“瞎想”结合产生的东西！也许除文学外还能产生别的什么，惟绝对不能产生睡眠，因为一“记忆”和“瞎想”，睡眠就被赶走了。

天气已转晴，相当冷，我的小棉袄已上身。

从文

十月十日下午十点

气候晴朗，正是游山玩水的季节

兆和三姐：

气候晴朗，正是游山玩水的季节，千佛山正值什么庙会，我们还是在博物馆工作。今天我们又看了一天东西。从库房看到陈列，听库房中一同志（上午）和说明组另一女孩子（下午）说明内容。学了许多事事物物，特别是明白地志馆当前问题、房子问题和文物鉴定问题、说明员提高问题。明天这个时节，我们可能正坐在车上，沿着泰山山脚前进。明年如方便，再作登泰山打算。其实倒应当看看青岛一切设施，特别是历史国文教学和实物配备的设施，但是时间不敷用，也只好作为将来看去了。明天下午五点开车，后天上午可到南京，在南京大致得住五天左右。主要是看南博。拟在苏州二三天。上海或可多住几天。正是秋高气爽的季节，可是我们却因为工作，每到一处至多可抽出一天半天看看社会光景。至于工厂等等根本不可能，因为没有特别介绍信件，是不可能看到这些的。上海或许可从某些熟人介绍看看别的东西，真的要看还是待政协视察时方便。

不过那是大伙儿走动，也有另外一种好处，可多看。单独走则容易细看。我想明年如可过蒙古看看也有意义，名字似乎远，交通其实近。这次受时间限制，不然向四川走，一定可知道许多！一出门就明白必须多看看各方面的成就，和在进行的工作、待进行的工作，才是道理！

夜已深，一切静沉沉的，只远远的不知什么地方有鼓声遥遥传来。这些鼓声可能是从一些充满高兴的人手打出，可是在这小楼上听来，却总像是有点隔世之感。窗口恰恰是那一弯新月，鼓声繁密充满一种幼稚单纯情感，很奇怪，越响我似乎越和它离得极远。我想起在四川土改时，曾有个小胖子背了一面鼓，跟在为我扛枪的农会主席身后，我就那么单纯地打着鼓，跟随他们一道去没收地主土地。走了一道田坎又一道田坎，终于到了那个人家前面，才大擂一阵完事。现在鼓声可能是另外一些人正在进行另外一些事情，就他个人说来，不过是打打鼓，就社会发展来说，也正不下于土地没收，是历史上一件大事情！

前几天到一个民众市场时，走了几转走到一些说书处，一共五六处，有的全场子不过坐下十来人，有一部分可能还是相熟人来绷场面的，在台子上有个中年妇女，憔悴面容，穿一件青布长袍，双手舞着在那里说故事，十来位听众就有打哈欠的，但是说书的因为见有外人在听，还更加精神地说下去。台上搁了个小笸箩，一定是到半场时敛钱的。今天又到个“大观园”，和东安市场差不多，纵横许多小街，还有四五个戏院分布在周围，好几十家馆子都干干净净。使我们发生兴趣引起注意的，还是一排五家贩卖出租小人书的小铺子，有好几十位大小读者蹲到地下看小人书，灯光黄黯黯的也不在意。还有母亲带孩子看的（图书馆主要读者大致也是看这类书的，因此曾另设儿童阅览部）。满墙满架子这种书，都翻得脏脏的，可知已过于多少人的手，许多人的文化知识，是从这些巴掌大连图带字的故事书中得来的！还有些军人在看！才明白火车上为什么每一座前都有一夹一夹的小人书，供乘客随意翻看，原来要它的还不止小孩，很多大人都要看看遣闷散心，很多人还从这书上受教育，取得做人勇气和信心！

我曾试翻翻看这些书，有画得极坏的。有各种不易设想的故事，也有许多旧小说故事。也有科学简说，图多乱乱的，画得不怎么好。英雄模范事情，也有画得还好的。总之，这是最有读者的著作，将来读者还要加多，销数如处置得法，销数不止是一百万，起码应当是五百万。不过写它的人也需要大勇气！因为会写文章的人，如不迁就习惯写法，是得不到成功的！

从文

一九五六年十月十二日

生命似乎在澄清

早上钢琴声音极好，壮丽而缠绵，平时还少听过。声音从窗口边送来，因此不免依旧带我回到一种非现实的情境中去。总像是对某一些当前所见、所感、所……要向谁嚷叫：“不成，不成，这样子下去可不成！”嚷的或许是面前具体事件，或许只是所见到的一种趋势，或许是属于目前业务部分，或许和业务不相干的一点什么。琴声越来越急促，我慢慢地和一九三三年冬天坐了小船到辰河中游时一样，感染到一种不可言说的气氛，或一种别的什么东西。生命似乎在澄清。我真羡慕傅聪，在他手下生命里有多少情感、愿望，都可变成声音，流注到全国年轻人心中，转成另外一种向前的力量！这种转移再也没有比音乐来得更直接、纯粹而便利了！定和不知为什么学了廿年音乐，却放下了这个使用工具的权利，来搞普通地方戏。这算是一种什么打算！他不知一个人一生能作三五个小曲子，就比搞一生戏剧还有作用得多。我总觉得目前“戏”只是一种娱乐，人家注意的是故事，局限性极大。而且一个十分成功的戏，也随时都可为一个极平常的新作所替代。正和一个名演员随时可被个后生小女孩所代替一样。至于一支好曲子，却从不闻因时地不同，而失去它的光彩。假若它真有光彩，就永远不会失去。只有把它的光彩和累代年轻生命结合起来成为一种力量，或者使一切年轻生命在遭受挫折抑压时，还是能够战胜这些挫折抑压，放出年轻生命应有的光辉。总之，它是力量和崇高愿望、纯洁热情的一种混合物，它能把这一切混合或综合，成为一种崭新的东西，在青年生命中起良好作用，引起一切创造的冲动，或克服困难的雄心。在老年生命中也可唤回一切童年生命中所具有的新鲜清明。真是个了不起的东西！

记得一九三一年这么一个天气，我一个人走到青岛那个（福山路？）高处教堂门前，坐在石阶上看云，看海，看教堂石墙上挂的薜萝。耳听到附近一个什么人家一阵子钢琴声音。那曲子或许只是一个初学琴的女孩子所弹，或许又是个如“部长太太”那么“嗲”的女人弹的，都无关系。重要的是它一和当前情景结合，和我生命结合，我简直完全变了一个人。我只想为人、为国家、为别的什么做点事，我生命中有一种十分“谦虚”，又十分“自信”的情绪在生长。它在当时虽若十分抽象，但反映到另外一时却极具体。在学习中和写作中，都会发生极大的影响。也许因此越来越像不现实，或生命中总被“不现实”那一部分支配，生活永远陷于败北状态。可是不妨事，因为“谦虚”和“自信”还依旧存在。谦虚可以推进学习，产生不易设想的一种学习钻研热情，自信却可从一切工作中通过困难，见出工作的成果。也许始终是败北，可是败北的是人事生活上的一面，应当还有另一面和好音乐一样，永远能有光辉的！

我们下午又到馆中去看看。后来听说千佛山有庙会，因此赶到那边去，原来和赶街子一样，有万千人在登高！山路两旁，是各种各样的地摊，还有个马戏团在平坡地进行表演，喇叭嘶嘶哇哇地吹着，声音和三十年前一样！还有玩戏法的，为一件小事磨时间，磨得上百小观众心痒痒的。卖酒的特别多。此外还有卖篮子箩箩等日用品的，可知必有主顾。真正最有主顾的是成串柿子。山路转折处又还有好些提大篮子的，篮中作扑鼻香，原来是卖烧鸡的，等待主顾登高饮酒吃用，一定也有主顾。只是作诗的怕已极少。路旁还有好些茶座酒座。学生还排队吹号击鼓来玩，一般都有小龙高大，看样子，还很兴奋！马路一直修到山脚边悬崖处，崖上石佛其实都不怎么好看，欣赏的还是万万千千。更多的是从小路爬上悬崖直到山顶，人在高处和小蚂蚁一样。我们因时间迫促，只在崖前下边一点看看游人已够了。只买回一件艺术品，最欣赏的大致只有小蛮父子，费钱五分。

一九五六年十月十三日　济南

第八，十三早　济南广智院

一切都好得很，天气又恰到好处

三三，夜已极静。

今天小五哥已和我到一苏州著名皮鞋店买成黑色皮鞋一双，价目是我有生以来所购最贵的一双鞋子。计十六元五角，一只已达八元二角五！又另买布毯二床，因选来挑去，还只此二种好看，是尊重他艺术眼光挑定的。已托他另寄北京。

我们约定今天看虎丘塔和园子。早上先到逸园，吃早上东西，再坐马车到虎丘。虎丘可看的是大塔，已歪斜，闻文管会正筹备保护工作。照我们看来，下部裂痕明显，基础已不稳固，塔已斜，又过重，再经二三雨季，恐怕会有问题，千年名迹将成瓦砾一堆。命运将和雷峰塔相似。塔各处都已太旧，惟红白斑驳耸立于蓝天白云背景中，非常美观。上面飞鹰盘旋，八哥鸟成群鸣噪，这种景象恐不易再得！虎丘房子经加修整，已成苏州新名胜区，小街上生意比呈贡还好得多，馆子且比北京一些馆子还好。闻星期日热闹如赶街子，学生结队到来总不易结队回去，可想见游人之多！虎丘附近五里全是花房，田地全是一盆盆木兰、玳玳和茉莉，河码头运花船只，可运数十大箩筐木兰花，每筐计四十斤，运到一茶厂去薰茶。我们就眼看到一大船木兰花运去。闻小五哥说，花盛开时全码头边都是花筐，等待运输，船来时争取时间以分秒计，来即过船，十分热闹。现在已是淡季，每天不过若干船而已。庙门边卖花三分一扎，还用个小小稻心草笼笼装定，极其有趣。到虎丘高处四望，只见一片平芜，远近十里全是一簇簇花房，白墙黑瓦，南向部分则满是玻窗。眼下各种花草还在秋阳下郁郁青青如图案，入冬即迁入花房过冬。花农收入极好，从万千座新房子就反映得十分清楚，从河街各种做生意铺子的情况也可明白。这完全是一种新景致，可惜永玉不来，来时必可用水彩或粉笔画收入画中。这是在一大片绿色平原上，加上各种黑白方块拼嵌入各处空间而成的。三个颜色的对照和完全和谐，真是一种稀有的奇迹！

还有那条从太湖流出贯通绿原的河水，水中千百个风帆移动，真是奇迹！一切都好得很！天气又恰到好处，任何地方一点灰尘没有。小五哥说，“三姐能来住一星期多好！”这个话，随后到留园看竹林子时又说起，第三次是在西园新修理的水池旁说的。

就修整艺术来说，留园最有匠心。同是用石头隔成，留园用石不多，因此一切见得舒畅，花树虽不如狮子林，却比狮子林有气魄。窗格子家具也比拙政园讲究。狮子林、拙政园、逸园各个厅室都放满了硬木家具，都是从近代新地主家弄来的，笨笨呆呆，像一般暴发户的样子。并且到处有什么亭、轩雅名，一个二丈见方盒子式房子，只因为外边有一点竹子和梧桐，就名“凤栖碧梧之轩”。一个水塘塘养了三五只鸳鸯，就取名“三十六鸳鸯之馆”。总之雅得极其俗气，和《儒林外史》所讽的名士之流情形相差不多。门板上到处刻花鸟画，到处题诗，也不怎么高明。挂的字画屏条，都平平常常，只能满足作者本人，唬外人，可不能骗真正行家。好在行家也并不怎么多，所以还是好！留园各处匾额已失去，即未再补，家具也比较好，画也稍好，最好的是一些玻璃宫灯，边上流苏穿浅绿淡蓝料珠制成，极其清雅。庭院中木石外总有点点空间，处理得有艺术。窗槅格子疏疏朗朗，不过于堆砌，视线开展不受石头限制。应当算是苏州目前较好的园子，空间多，新的中国花草可补进空隙，因此也是最有前途的花园。不幸的是每到一处，还依旧有那个漆成绿色，又不得用又不好看的艺术设计垃圾箱，总在最当眼处出现。设计者大致还很满意自己的有创造性艺术，却不知那是最不艺术的创作！一边是痰盂一边是垃圾箱，还编了号！西园大树很好看，只不过气候还未到降霜时，因此枫木银杏叶子都还绿油油的，红不过来。在虎丘河街上铺子里我们吃了中饭，从留园入城时已断黑，因就观前一个什么经济食堂吃晚饭。虽走了整整一天，行止支配得法，还不觉得怎么累。

你来信说的施蛰存处款待我回来再处理。再有三天我们将过上海，住处还未定。如有重要信，可寄上海作协巴金收，我信附入内里，请他收下我去取。外不必写我姓名。这信寄到北京时，我们可能已到上海了。这次所学对编图谱极有用。对整个陈列和工艺史研究都得用。很多东西还从未发现，即这里发现的人也还不明白它的重要性。有些新出土的……如方格漆盒且完全如过去我所推测，证实了有些陶器实为仿漆器而作。又有些新东西可以证历史文献。又有些更为我们研究宋人绘画、服装等提供了崭新而十分重要的材料。还有一片稀见大锦缎。照初步估计，将来恐还得用二月时间来照相，因为有二百三百器物恐非得照相不可也。

这几天气候正是下半年最好的，我们走了不少的路，也不觉得怎么热，更不感到累。我们明天还得看陈列，后天看库房，大后天看刺绣织绒，若一切能照时间安排，礼拜一大致即到上海了。苏州郊外比城中好。特别是虎丘的万千花农经营的绿原和花房，照晒在明朗朗秋阳下，真是一种稀有的好看景象！听说各花制成的香精，出国也极得好评。一切还在发展中。虎丘山门山塘街到处有生熟菱角出卖，还和龙街子云南乡下人出售慈菇一样，是蹲在路旁放在竹篮中出售的。买东西的人也得蹲下挑选。河中船只多极。入城交通工具计四种：马车、三轮、人力车、船。马车最快，船最好玩，我们却乘三轮，为了到西园方便。

从文

十月廿四日晚上

在上海

我们总算到了上海，一切真是乡下人，过马路人多如飞奔。走到三轮上，江北车夫精强力壮，眼光四注，手足灵活，转弯抹角都用李少春演《三岔口》手法，丝丝入扣，在汽车无轨电车间进退自如。一切却极其自然，全无名演员骄气，真了不得！他虽庖丁解牛，胸有成竹，从北京来坐在车上的客人，不免有点担心，而且明白不是在台下看《三岔口》，事实上是在车上参加表演！

找上博，承他们用电话联系各处三小时，才得到一个住处。照说各处都住满了人，到得住处时才知道一房七个床都空着，只有我一人住下。明天还可搬一房间。可知另外还有空处。我们住的是南京路中段最热闹处，但是七层楼上却极清静，没有人玩牌唱曲子。走向上博不多远。初到地一切生疏。打电话给陈蕴珍，听明白是我来时，还依旧在电话中嚷了起来。过两天待把酸梅糕送去看孩子抽肩膀大笑。小巴金一定已相当大了。

晚上略走街，正值星期天，满街是二十到四十的人，分不清成分。穿旗袍的究竟不多，一般是短大衣西服裤，头发短而蓬松，额前如嘉宝演什么时留那么一小撮毛毛。大学生还是和北京济南相差不多，人高矮不一，却有一个共通性，三五成群总有五分之一以上戴眼镜。霞飞路许多大公司灯火煌煌，还有专为妇女用品而设的店铺，比北京百货大楼大得多。一切都近于为资金积累而鼓励消费。极不美观的人也把头发烫成嘉宝式，在街上晃，不知道她自己以为如何，特别是望到电影广告上什么法国演员相同的头发时，是否多少有一点兴奋？车过某一处时，还看到一个新式庵堂，老少妇女挤着进门，里边钟磬嘹亮，还装满了月光灯，屋梁上纵横是那种灯光。如考虑到模仿佛光五色来布置，一定更加吸引群众！苏州也还有好些香烛铺，大小蜡烛倒悬空中，铺柜中坐定了两位长衫掌柜，可不知是否也是公私合营？这种纯消费的迷信，事实上还是应当禁止节制的，不然，一放手，城隍庙又成倒退中心！我们看到的还只是个小庵堂，南京路那个红庙和城隍庙，可能还要热闹，或已热闹到如戏文一般！我对于穿洋服男士或烫发西装女士磕头行为充满好奇心，这种表面文明内中迷信也可代表许多人，这一阶层占全市人口或并不少。不同的是有些见菩萨即磕头，有些不磕，却同样只希望天保佑，不费什么力也得到幸运好处！上海人已变了，生产者得到了一定合理待遇，只是这都市是钱和物为主要支配的都市，还是一样。饭馆子必等待许久才可得一座位。小饭铺为竞争营业，窗口都把各种应市菜饭摆成样子，任人挑选，也并不贵。五毛一客的虾腰烩饭，我已吃不完，大致我们两人有一客也够了。

还有一个特点，即天明以前到处已是大小汽笛唱和。不过还夹杂有公鸡声，里弄房子多，这种鸡可能是笼养在小平台上的。早上从七层楼窗口望出去，一片烟雾中灯光点点，也是北方所没有的景致。今天礼拜一，博物馆休息，拟和馆方接接头，就往其他看看。天气不冷。陈蕴珍一见到一定要问三姐和龙虎，其实如果小龙忽然站到她面前，会不认识，到明白是他时，或许还要如过去那么团团转高兴。天不变，地不变，陈蕴珍可爱处也不会大变，可说是性格中的“阴丹士林”！正和形象中的阴丹士林，可爱处是一样的。我应当上街看看街景和跑马场（新公园）早上风光了，这时已七点多……也许还过了八点。

从

今天这里已冷了些

三姐：

谢谢寄来的文章。读过后我觉得虽通俗到家，却没有什么意义。里边说的很多都是错的，有些且近于胡扯。一涉及文物，更是蜻蜓点水，不着边际！我在苏州车站已买了一本看看，觉得几个编辑都不大负责任。这种错误不下三十处的文章，是有趣还是有意教育读者？作者什么都不学，怎么能教育人？这种百家争鸣对作者有好处，即什么不懂也可乱说，可是对读者实在获益不多！如这么写文章，我每天也可天上地下写三五千字了。这种通信也可当成作品发表了。对读者无益，编辑应负责任的。我的文章已寄出给画报。画报上要求是不大合的。所要求的张恨水或其他许多人都可满足，因为随便抄抄故宫说明，还不容易？但另外说点中肯的话，他们却不大知道，以为多余，删去了。这也是我自热心的必然结果。因为“习惯”是只要些不着边际泛泛文字的。也无怪乎好些刊物都毫无有性格有生气的好文章，为的全是照例无一句错话，同时也照例无一点精彩的文章。聪明有远见的编者得改进看稿作风，不要再错下去，才是办法！

今天这里已冷了些，可是我却总是出汗。大致有了点点累。不知是喝茶的作用，还是各种声响作怪，晚上易醒，醒即不能再睡，相当费事，因为白天还有事待做。如果存心做作家倒好，因为晚上一醒，起来写点什么极顺利。可是现在是个半公务员半专家身份，一去参观，就涉及物质文化史全部问题，也问人也要被人问。尽管是照老习惯，一见到坛坛罐罐即精神奋发，可是到末了总还是相当累！累而难睡，不免觉得有点点糟。白天也老是出虚汗。住处条件极好，比和平饭店强得多。出入还得拿个有号数的“临时出入证”。有好几百房间，住下三山五岳来的人，有些或属于什么“拗令皮客”（今译“奥林匹克”）的什么员，年轻力壮，有些或是观光团，手上买东西一大堆可以知道。也有不少“代表”，具有各省科级干部味，仿佛闻得出来。事实上是看得出一大半。上海地方我算算前后已住过几年，大路还记得方向；可是不拘到大街小胡同，总像和那些住家走路人十分生疏。仿佛他们怎么活下来永远不易理解。特别是那些大大的房子中在进行的事情，以及极小的弄堂，挤满了大小人怎么过日子，怎么做梦，永远不易理解！还有那种随处可见的“摩登女”，进出商店带了一大包东西究竟是怎么回事？那么多东西用得了？王畸姑母老太太用长沙话说得好，“上海女郎所有全在身上”。过去这样是可笑，现在却是必然，这是有严肃意味的。闻竞争生活，竞争婚姻、出路，都无形而相当激烈。一般有四五十元公务员，都必须打扮得干干净净，才有办法。到处有女职员，可能长得好的比较容易找职业。而许多人即或会打扮也还不容易有办法的。又有些事找得用的人，却不易找，博物院说明员即是一例。女郎还是乐意嫁首长，首长年纪却必然相当大，而且有了人。总之，有竞争，有悲剧，只是不成为新闻资料罢了。南京路红庙烧香人相当多，可见发财幸运并未能一时从人头脑中赶尽。但是走到任何一处，工作服务人员态度都极好，比北京也好。这是真正社会教育和个人觉悟的结合，车上船上大街上，无处不可以让人体会到这种新景象。特别是活过几十年，从旧社会而来的人，看看这种种，真想不到。这其实也是一种竞争，人人争好的表现。

在工人则为真正有了觉悟，当家做主，对工作有了责任有了爱。北京好些合作社的售货员、医院的某一种人，服务态度不好的，其实都应当来学学。一切善得很，车子过桥时还有不相干的路人帮推一推，你可想到是上海事情！我如多住一个月，会发现更多好事情、好现象。处处都说明中国人在共产党教育下真是站了起来，谁也压不下去！

可是也自然还有另一灰色面，大小弄堂万千孩子成群看街，三几年大致还不可能有像样的学校产生，能满足都市需要。孩子生得太快太多了，不能不说是一种担负，因为再穷些总还是得从土地上取得营养，要吃的！邵力子劝人吃蝌蚪，解决不了这个问题，总得有办法来适当节制。

今天将去见笑眯眯充满好意的蕴珍女士了，听到说起龙虎时，一定要伸伸舌头，眼睛圆睁，头略偏着地说："三姐开心！"我如老派一点，将要请她做媒，如再新派一点，将要请她介绍对象，不老不新，于是只有笑笑，"女朋友，慢慢来，是他们的事，我们不着急！"也必然要问到树藏和萧乾，对萧乾有斗争，这是历来的态度！也可能问到凤子，连累地说："三姐可不老！"我也许会要她陪同去买袜子，到时却先请她买一支拐杖，问用处时即说是"为龙龙的老母亲买的"。笑得她个人仰马翻，我才不管！

她们的孩子一定也长大了，昨天在电话中即听到说还要和阿什么去学琴。在父母一定希望要她赶上傅聪，事实上却不知道将来能否学钢琴。男孩子可能已和小迪子差不多，穿上小飞衣，脚着皮鞋和我的大小相近。如此一来，吃酸梅糕也必然是一大块半块向口中填塞，再不会如南京张以某指甲大那么一尝一缩肩，动作和欣赏一致反映到人印象中，“主题分明”（不说主题分明说什么？老师）。

看看近日《文汇报》，如范烟桥说苏州菜，都近于从不出门的人梦话。他是苏州市文化局长，只说苏菜天下第一，也可谓说得蛮“天真”，因为年近七十，全不知中国有多大，有多少省出好菜也。如用你家中人投票，只有小迪子同意票，高干即不会同意，由于见事多！那文章幸好还不曾正式介绍苏州“排骨”为有名菜。苏州人欢喜吃面，面馆也因此特别多。王畸吃过两次排骨面后，即坚决不再吃面。理论和实际结合，原来面汤清蹩淡，面细而碱重，下齿无筋骨，不加一丝素菜，排骨孤独游离于面上，照北京习惯，宜于正式宣布为“不好吃”也。我当真就不吃。不过得承认汤包很好，每早都用到，比上海大马路大铺子的还好。

苏州点心在你记忆中好，事实上你也吃勿消，甜得无是处。回来时我带一点点由虎虎考验，也考验虎虎对苏州的感情。

玫瑰酱多不便带，上海如有或带点回来。我如果可从这里出发，就不便带。向南走，皮大衣是不必带的，向北则早已着皮大衣。

从文

一九五六年十月二十九日第二信

上海读书的人似乎远不如北京之多

今天报纸上已见到英法侵埃战事发生事件。这实在是一件大事情！我们今天上本市建设博物馆看看，第一回学习站在一个办公室等候人的课目，约等候半小时还多些，且一再问“有公事我们就改天来”。最后才见一个主任找我们进去，坐定后才空空洞洞地问“什么时候来的？……住何处？……”又说“因为上海有两个博物馆，一个是这里筹备处，一个还未成立，怕是来找那一个，所以在研究……”说的稀奇而又不伦不类，真是值得上报的对谈！很奇怪，怎么现在还有这种人做领导工作？这个馆前不多久还才到我们馆中翻洗了好几百张照片，为什么我们来看看却这样？必有个原因。

离开后王畸才说，“可能是到历博没有得到好好款待，所以报复一下。”如果真是这样，倒也是新闻。因为在工作中，我们总想象不到还有这种人，而且来领导业务。但是也由这个假定估想我们馆中情形，一定不可免有用“官僚”方式对待外来拜访的情形。由于领导业务的不摸业务，一个文件转来转去，到各部总不大接头。由于某些部门做主任的也不摸业务，客人来了于是把信看看，不知如何是好，又转下去。由于懂业务明材料的人不多，遇事总如此“泡”。总不免泡过一些外来人，给人印象相当糟，我们却一点也不知道！于此也可见，每一馆总得有二三深刻透彻本馆全部业务的人来接待外来同志，才能帮助外来同志。如果领导者都像今天所见到的一位“官官”，什么事也不用做了。因为什么事也不好做。我还料想不到现在社会还有这种办事作风的人物存在。

我们这三星期真走得有点累了，白天午饭后一倒下床，就像不大容易爬起。今天下午实在不能再出去了，才不出门。气候好得很，惟出门换车上下，总永远像北京上下班情形，挤着推着的，车子走动时响声震耳，过马路时都用的是演三岔口姿势，敏捷准确到一个惊人程度。但同时也还可以见到托儿所主任带着一队小孩，口中“一二一二”地喊着，本人用倒退姿势慢慢走过十字路口。

戏院中正在会演昆曲，外来人找不到票子，报上却各处有文章在宣传。报上副刊文章，总还是一些琐碎杂文，得不到大处。有些过于地方性的争辩，大都看不懂。上海地方如按人口比例说，读书的人似乎远不如北京之多。书店不见什么人进出，报刊部分也不如北京同样地方热闹。街上不卖报（卖报人极少），必到邮局去买，不方便。在车上极少数有人看报读书。只有街头贴报处还有些人看报。很多人可能就不看书报的。作家大致也只是在学校一类地方起点作用，别的地方远不如机关首长处长科长之重要。地方另一特点是男性干部内中包括教授，穿衣远不如北京干部之整洁，总是脏脏皱皱的蓝布衣，做成“老干部”式，或许这么一来在群众中威信会高得多。女的则如上次所说的收入积蓄全在一身，但是也有即在一身还是脏脏皱皱的！这几天来唯一一位穿着摩登的人物是章大胖夫人，真是个美人儿。大胖已过北京，将和几个作家去苏联，带队去那里玩两个月。女孩和蕴珍女孩一样，都在学钢琴，月另费三数十元。

晚上约好和流金过她家中去吃饭，见到了李宗蕖和从同一模子印出的四位小宗渠，大的已过十岁，顶小的三岁，男士一，女士三，全是壮敦敦的，极好玩。家中有四位小朋友，上桌时热闹可想而知！母亲布菜时左顾右盼，得心应手，“大妹筷子……小妹你……小胖你不能吃了……”虽忙而不乱，比王令诲从容得多。每人半块酸梅糕拈到手上后，各自眼睛骨碌骨碌转，“好酸！”大致还是生平吃到最酸的东西，可是很显然好吃，一会儿小手通伸出来了，“还要一点点！”极小的也必需要再给点点才能解决问题，于是再吃点点，“好酸！”虽那么说，却都认为好吃。住处已完全是郊外，距我们住处有一点半钟路程，还是坐公共汽车，用上海式速度行动。来人不会太多，因此孩子总乐意有客人到来。我住在他们小书房中，小女孩一定要贴在身边听我们谈天。李宗蕖做了大半天的菜，可惜我正是最不舒服的一阵子，只能吃荠菜虾仁，几几乎吃了一半。其余鱼肉都不敢下箸。住处如上海三层里弄，有卫生设备，工程比较草率，可是空气极新鲜。学校课室入晚通明如昼，热闹得很。大清早放音乐也还像音乐。只看到许多小女孩在球场上玩球，大都是短短的干部服，梳双小辫，有些辫子似乎还黄焦焦的，即书上所谓“黄毛丫头”神气，我还以为是什么附中部分，教员家属子弟。问问才知原来通是大学生。年纪大都已及二十来岁。南方人给我一种共通印象，营养不足，成熟后还不成熟。有些人即做了祖母，在生理上某一部分某一意义也还是未成熟。正和某种“挂枝果”一样，长不到头，就完了。到处是糯米汤团和炸年糕，这些东西如到某一天都变成了北方水饺子应市，上海地方有上百万人会变样子！

小龙如到这里来，到车上时会有人侧目而视，“这么一个大个子，喔大块来哉！”说这个话的人可能就是个大三年纪女学生，比我还矮一个头。我始终对于南方吃的问题感到是一个问题。一般饭馆素菜使用的稀少程度也是少有的。或许有些蔬菜比肉食类还贵。

从

礼拜五下午

在长沙

这次过长沙考察的，车和人并不多，我一路咳着到达。

同行只三位，〔查〕阜西和一位李老先生，年六十七岁，在北京做度量衡局长的。

车到内丘，因前行车出事，误了五小时，因此到达武汉时已下午四点，到招待所时已五点。查先生二人过大桥工程处看建设，我却坐了车过协和医院让四个医生看，看了二小时，打了二十万单位盘尼西林，拿拿薰、吃、涂、漱药五六种，才回住处。原来喉痛咳嗽是“扁桃腺发了炎”。车已定八时过长沙，因此七点大家还是一道过江上车。约今早四点到了长沙，住省府招待处。人已不发烧，不怎么咳，只是喉部干痛而已。不碍事，大早起来洗了半点钟澡，好多了。长沙天气极明朗。空气湿润润的，许多树叶子还绿绿的，芭蕉叶也长得很好，叶子还未吹破。从这些可以推测一月来天气情形。白墙黑瓦市容给人一种清新愉快感。今天可能得拜会首长，同行有三人，凡事好多了，特别是两个年纪比我大。路上听阜西谈他的“琴经”，说到高兴时就大唱起来，极好。可惜他要在这里看歌舞约二星期，我怕不宜如此耽搁。我们俟到此二三天后，即决定行动。还有陆续到长沙的。如必须等齐才听省府报告，这几天我正好看文管会东西，并了解问题。长沙可看的自然还多。

阳光下一片片白墙黑瓦，给人印象很新。地方正在建设发展中，不像苏州那么老。老的全烧了，新的也有不怎么处，即不大见得出地方特征。洋房子和别的地方相同，大马路也相同，整齐干净也相同。菊花十分好，公园中当陈列的品种，这里到处可见。省中遭旱灾，报上每日在喊救旱。

我也许还得过医院看看，吃东西不起劲。和往日情形不大相同，一动动就流汗，或者人真有点老了，饮食一变，不易适应难吸收。

从文

十一月廿四日

到处是新房子，一切在建设中

三姐：

今天廿六了。礼拜一，可能要拜会些人。我们大致得分散进行工作。十二月初，吉首有会约开三天，我拟参加。只不知在初几开。这里去吉首要三天公路车，过两天，也许就得动身（近拟二三号去）。事不大凑巧，上次过上海一咳五六天才好，这次又成了“病号”人物。到武汉看了看医院，今天或者还得到“湘雅”看看。别的不难过，只是咳而已。流了点鼻血，止住了。再有两天就好了。

长沙市面不大，却相当热闹人多。到处是新房子，一切在建设中。新公园大而好，菊花有若干万盆，玉兰花成行排队，一切布置都是以万人作对象。已看博物馆，可不怎么大，初办，待改善处多，在公园里边。这里正设立历史科学研究所，将来解决楚墓问题，不然写不出报告。地方事，人手更见重要，搞文物从全面下手的不多，因此陈列上不易见好。学校对这些东西也还不知如何使用到教学上。博物馆每天也有上千人到四五千人参观。正是秋高气爽，菊花盛开时，来人更加见得活泼。孩子们成队成群地在里边嚷嚷叫叫，十分兴奋（苏州馆中也如此）。湘绣醴陵瓷在博物馆看到一点点。瓷质好，做法待改良，一般说来比景德镇好，又相当价贱，将来有前途。湘绣似不如苏绣之精。主要在图稿差，水平不高，因之工人再好也无从着手。解决问题还是好图样。苗瑶族刺绣精美惊人，有从来未见到的。但也正是小时候所见到不易忘记的，花纹奇美，配色之好不可思议。可惜在这里并不怎么引人注意。将来会成为国内时髦装饰物。应成为新湘绣一个部门，到国际上也站得住。

廿七，昨天到医院半天。透视肺正常，心脏毛病未好，还是说“高血压心脏病”。上到百七十，不算过高，低到百三十，稍高了些。带了点药回来即睡下了。晚上未吃什么，吃了不少橘子，吃了药。热些，三十八度多一点点。血压高到百七十八，低的落下了些（医不说）。晚上虽睡睡醒醒，可是到天明再出汗，人可轻松多了。今早一起来，几几乎全好了。今天大致即可看文管会。因为日子已排定。可惜这里正当全省会演，不能分身，只好割爱。会演中凤凰有一《文茶灯》，大家说不下于采茶舞，有的还说比那个好，看看果然不错。各省都来参观，说是挖金矿，可知多见所未见。如衣服改改，装扮改改，做作改改，一切恢复本来（他们年轻人不知道，我倒还知道），一定可以出国。你想想看，六七个作微笑态的年轻女孩子用一口凤凰腔说“那样……”唱着跑着，岂不有一定程度滑稽！戏中有很多极好的，好到惊人程度。有个八十岁瘪嘴老人唱小曲，简直和十三四岁女孩声音一样清脆。有个唱山歌的，和唢呐声音一样，唢呐是双管，动人得很。也有极丑的打扮得和北京玩魔术的差不多。气候好极，可惜的是一出门必用车送，反而把我们看街的权利取消了。市面只有三五十辆三轮，所以坐三轮不方便。此外即人力车，坐来太慢。公共汽车人又过于拥挤。交通工具是问题。地方小，多数人是两脚代步的，时间不经济。

从文

一九五六年十一月二十七日

出版说明

《我在呼吸和想你》为沈从文的书信精华集，辑选了沈从文自1931年至1961年间写给爱人张兆和的经典书信，并收录张兆和致沈从文的部分信件，共计70封。

沈从文被广大文艺青年誉为“世界上最会写情书的人”，他的文笔优美动人，情感热烈细腻，许多书信和文字都闪耀着浪漫的爱情火花，虽经历过数十年的岁月洗涤，但至今依然闪闪发光，许多金句被广泛传播，如：

“我就这样一面看水，一面想你。”

“我们相爱一生，还是太短。”

“我明白你会来，所以我等。”

“在青山绿水之间，我想牵着你的手，走过这座桥，桥上是绿叶红花，桥下是流水人家，桥的那头是青丝，桥的这头是白发。”

“我行过许多地方的桥，看过许多次数的云，喝过许多种类的酒，却只爱过一个正当最好年龄的人。”

……

诸如此类文字，在他的书信和文章中比比皆是，读来令人动容不已。

近年来，在《朗读者》《见字如面》等读书节目和新媒体的推动下，沈从文的书信再次被青年读者所追捧。著名主持人董卿曾充满深情地说道：“我最喜爱的一句沈从文的请诗，只有十个字，但是我觉得深深打动了我，他说：我们相爱一生，还是太短。”

应广大文艺青年的要求，我们特意编选了这本书信集，精选了沈从文最具代表性、流传最广、读者评价最高的经典书信70封，再现了一代文豪的爱与生活；在出版的过程中，我们参考了多个权威版本，为年轻读者进一步了解沈从文的内心世界，了解人世间最美的爱情，提供了真实可靠的文本。同时，也得到了沈从文后人的大力支持，在此深表谢意。

图书在版编目（CIP）数据

我在呼吸和想你 / 沈从文，张兆和著 . -- 南昌：

江西人民出版社，2019.1

ISBN 978-7-210-10628-9

Ⅰ . ①我… Ⅱ . ①沈… ②张… Ⅲ . ①书信集 – 中国 – 现代 Ⅳ . ① I266.5

中国版本图书馆 CIP 数据核字（2018）第 164495 号

我在呼吸和想你

沈从文　张兆和 / 著

责任编辑 / 冯雪松

出版发行 / 江西人民出版社

印刷 / 河北鹏润印刷有限公司

版次 / 2019 年 1 月第 1 版

2019 年 1 月第 1 次印刷

开本 / 880 毫米 ×1230 毫米　1/32　9 印张

字数 / 180 千字

书号 / ISBN 978-7-210-10628-9

定价 / 52.80 元

赣版权登字 -01-2018-583